Du temps
au bout des doigts

C'est grâce à un programme d'aide à la traduction du Conseil des Arts du Canada que les Éditions Pierre Tisseyre ont mis sur pied, en 1980, la collection des Deux solitudes, jeunesse, dans le but de faire connaître aux jeunes lecteurs francophones du Québec et des autres provinces les ouvrages les plus importants de la littérature canadienne-anglaise.

Ce même programme permet aussi aux œuvres marquantes de nos écrivains d'être traduites en anglais.

Déjà plus d'une trentaine d'ouvrages, choisis pour leur qualité, leur intérêt et leur originalité, font honneur à cette collection, qui fut, jusqu'à l'automne 1989, dirigée par Paule Daveluy et, depuis, par Marie-Andrée Clermont.

KIT PEARSON

DU TEMPS
AU BOUT DES DOIGTS

traduit de l'anglais par
Hélène Filion

ÉDITIONS PIERRE TISSEYRE
8925, boulevard Saint-Laurent — Montréal, H2N 1M5

Dépôt légal: 4e trimestre 1990
Bibliothèque nationale du Canada
Bibliothèque nationale du Québec

Données de catalogage avant publication (Canada)

Pearson, Kit, 1947-

[A Handful of Time. Français]

Du temps au bout des doigts

(Collection des deux solitudes. Jeunesse).
Traduction de: A Handful of Time.
Pour les jeunes de 10 à 14 ans
ISBN 2-89051-415-3

I. Titre. II. Titre: A Handful of Time. Français.
III. Collection.

PS8581.E27H3614 1990   jC813' .54   C90-096636-X
PS9581.E27H3614 1990
PZ23.P42Du 1990

L'édition originale en langue anglaise
de cet ouvrage a été publiée par
Penguin Books Canada Ltd., Markham (Ont.)
sous le titre
A Handful of Time
Copyright © Kit Pearson, 1987

L'illustration de la couverture est
un photo-montage de
Pierre-Paul Pariseau

Copyright © Ottawa, Canada, 1990
Éditions Pierre Tisseyre
ISBN-2-89051-415-3
1234567890 IML 9876543210
10594

*En mémoire de ma tante
Mollie Mackensie*

COLLECTION DES DEUX SOLITUDES, JEUNESSE
grand format

OUVRAGES PARUS DANS CETTE COLLECTION:

CALLAGHAN, Morley
  La promesse de Luke Baldwin
  traduction de Michelle Tisseyre
CLARK, Joan
  La main de Robin Squires
  traduction de Claude Aubry
DOYLE, Brian,
  Je t'attends à Peggy's Cove*
  traduction de Claude Aubry
  Prix de traduction du Conseil
  des Arts, 1983
  En montant à Low
  traduction de Claude et
  Danielle Aubry
FREEMAN, Bill
  Le dernier voyage du Scotian,
  traduction de Maryse Côté
  *Premier printemps
  sur le Grand Banc
  de Terre-Neuve*
  traduction de Maryse Côté
GERMAN, Tony
  D'une race à part
  traduction de Maryse Côté
HUGHES, Monica
  Mike, chasseur de ténèbres
  traduction de Paule Daveluy
  La passion de Blaine
  traduction de
  Marie-Andrée Clermont
LITTLE, Jean
  Écoute, l'oiseau chantera
  traduction de Paule Daveluy
  *Maman va t'acheter
  un moqueur*
  traduction de Paule Daveluy
LUNN, Janet
  Une ombre dans la baie
  traduction de Paule Daveluy

MACKAY, Claire
  Le Programme Minerve
  traduction de
  Marie-Andrée Clermont
MAJOR, Kevin
  Tiens bon!
  traduction de Michelle Robinson
MONTGOMERY, Lucy Maud
  Émilie de la Nouvelle Lune, 1*
  Émilie de la Nouvelle Lune, 2*
  Émilie de la Nouvelle Lune, 3
  traduction de Paule Daveluy
MOWAT, Farley
  *Deux grands ducs dans
  la famille*
  traduction de Paule Daveluy
  *La malédiction du tombeau
  viking*
  traduction de Maryse Côté
  *Une goélette nommée
  Black Joke*
  traduction de Michel Caillol
SMUCKER, Barbara
  *Les chemins secrets de la
  liberté **
  traduction de Paule Daveluy
  Jours de terreur
  traduction de Paule Daveluy
  Un monde hors du temps
  traduction de Paule Daveluy
TRUSS, Jan
  Jasmine*
  traduction de
  Marie-Andrée Clermont
WILSON, Éric
  Terreur au bivouac
  traduction de Michelle Tisseyre

* Certificat d'honneur de l'Union internationale pour les livres de jeunesse,
pour la traduction (IBBY).

Remerciements

Je remercie Philippa Pearce et Oxford University Press qui m'ont permis d'utiliser un extrait de *Tom's Midnight Garden* (1958); ainsi que mon réviseur, David Kilgour, qui m'a aidée à découvrir ce que je souhaitais vraiment dire.

«Nous pourrions dire, commença Tom lentement... nous pourrions dire que des gens différents vivent à des époques différentes, mais que, de fait, ils appartiennent tous à une même grande période.»

Philippa Pearce
Le jardin de Tom à Minuit
Paris, Fernand Nathan, 1969

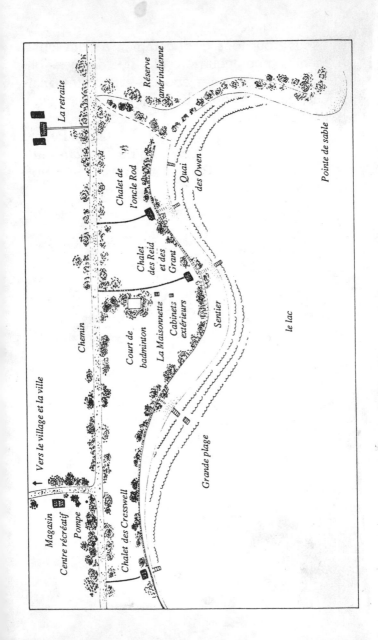

1

Patricia sut qu'elle avait commis une erreur, dès qu'elle l'eut mis à l'eau. Sur la plage, le long canot vert avait paru si solide, mais à flot, il lui semblait animé tout à coup d'une vie propre. Elle dut vite patauger dans l'eau pour le rattraper. Quand même, se rappela-t-elle, il fallait y mettre la pagaie. Elle enjamba le bord incliné et se donna un élan pour s'asseoir au milieu où c'était plus rassurant.

Mais ce n'était pas rassurant du tout. La pagaie n'arrêtait pas de lui glisser des mains. Elle n'arrivait pas à reproduire les longs coups réguliers de sa cousine Kelly; les siens étaient courts, éclaboussaient tout autour, et faisaient tournoyer le canot.

Patricia devenait de plus en plus nerveuse, et elle avait de plus en plus chaud au fur et à mesure qu'elle se rendait compte de son incapacité à ramener le canot vers la berge. Pourtant, elle hésitait à crier au secours. Kelly arriverait en courant jusqu'au bas des marches et se moquerait de sa stupide cousine de l'Est du Canada.

Puis, soudain, un coup de vent poussa le canot plus avant. En désespoir de cause, Patricia se leva et essaya de rentrer à bon port en se servant de sa pagaie comme d'une perche. Mais celle-ci s'embourba au fond du lac. Patricia eut beau tenter de s'y accrocher en se penchant et en s'étirant le plus possible — elle tomba.

○

Une demi-heure plus tard, elle était assise au bord du lit de Kelly, en vêtements secs, mais toujours frissonnante. L'amas de ses vêtements mouillés dégoulinait à ses pieds. Elle hésitait à ouvrir la porte derrière laquelle lui parvenaient des voix assourdies.

— Je t'assure, maman, c'est désespérant! Si M. Donaldson n'avait pas été là, le canot aurait dérivé sur toute la longueur du lac. Et en plus, elle a perdu la pagaie. J'ai dû nager vers le large pour la rattraper. C'est vraiment un cas désespéré!

— Kelly! (La voix de tante Ginnie était calme, mais ferme.) Je ne veux pas t'entendre parler de Patricia de cette façon. Elle ne l'a pas fait exprès — elle ne connaît rien aux embarcations.

— C'est ça! Et alors, pourquoi est-ce qu'elle l'a pris?

— Chut! Elle va t'entendre. Elle voulait sans doute se prouver qu'elle en était capable. Jusqu'à présent, personne d'entre vous ici n'a été bien gentil avec elle. Pourquoi n'était-elle pas avec vous chez l'oncle Rod?

— Ah, bien... (Kelly s'arrêta.) Elle a dû se défiler. Ou quelque chose comme ça. Je ne sais pas. Mais est-ce qu'elle doit vraiment nous suivre comme un chien de poche à chaque minute de la journée?

Dans sa détresse, Patricia eut un sursaut de colère. Kelly mentait. Elle-même, son frère et sa sœur s'étaient enfuis avant qu'elle n'ait eu le temps de se rendre compte de la direction qu'ils prenaient.

— Kelly, dit fermement tante Ginnie, tu me déçois. Patricia est notre invitée pour deux mois. Elle n'a pas l'habitude de nombreux enfants, ou d'un chalet, ni d'un lac. Vous devez être gentils avec elle. Surtout parce que...

(Ne lui dis rien! supplia intérieurement Patricia en s'enfonçant les ongles dans la paume des mains. Oncle Doug a promis de ne rien dire.)

— Parce que quoi?

— Parce que c'est l'enfant unique de ma sœur, qu'elle est loin des siens, et que je souhaite la voir heureuse ici. Alors, toi,

Trevor et les autres, vous devez l'aider à se sentir ici comme chez elle. Surtout toi parce que tu es l'aînée. Tu m'as bien comprise? Si j'entends encore dire que tu la négliges, je serai très fâchée contre toi.

— Bon, d'accord, maugréa Kelly.

Patricia soupira. Si tante Ginnie se fâchait contre Kelly, celle-ci s'en prendrait à elle. Il lui fallait pourtant se résoudre à ouvrir cette porte. Toutes deux devaient bien se demander ce qu'elle fabriquait dans cette chambre depuis si longtemps. Quand elle s'avança dans la salle de séjour, les deux silhouettes se retournèrent brusquement.

Tante Ginnie sourit, de son sourire engageant qui mettait deux fossettes à ses joues rondes. Mais à son habitude Patricia évita de regarder franchement le bon visage.

— Te voici, ma chérie. Tu es séchée à présent? Tu n'as pas froid? j'espère. Au moins, il n'y a pas eu de mal. Et moi, j'ai une idée. Que dirais-tu, lorsque tu t'en sentiras prête, de prendre quelques leçons de canotage avec Kelly? Ce n'est pas si difficile, tu sais.

Elle mit un bras autour de sa nièce. Cette dernière resta silencieuse et eut un regard inquiet pour Kelly.

— Retournons chez l'oncle Rod, marmotta sa cousine. Ils sont tous là à m'attendre.

Patricia suivit le dos hostile de Kelly hors du chalet. En ce moment même, l'idée de se

retrouver dans ce canot instable en compagnie de sa cousine était bien la pire des
choses qu'elle pût imaginer.

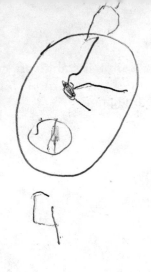

2

La veille au matin, Patricia se trouvait à l'aéroport de Toronto où elle essayait tant bien que mal de faire ses adieux à sa mère. Toutes deux se regardaient d'un air embarrassé.

Sa mère passait son temps à vérifier l'heure à sa montre et à tirer sur l'ourlet de la nouvelle robe de sa fille.

— Tiens-toi droite, ma chérie. Tu as toujours l'air si engoncée dans tes vêtements. Cet été, essaie au moins de surveiller ton régime. Regarde les gens en face lorsqu'ils te parlent. Ne marmonne pas! Et puis, amuse-toi bien aussi! Tu vas beaucoup manquer à ton père — à ton père et à moi. (Elle sourit.) Qui va me faire la cuisine? Je vais devoir prendre tous mes repas à l'extérieur! Je regrette de ne pas pouvoir attendre que tu sois dans l'avion, mais je suis déjà en retard.

Alors que sa serviette pointait dans l'aine de Patricia, elle l'embrassa rapidement et s'éloigna d'un pas pressé.

L'agente de bord qui était à côté de Patricia — elle se nommait Deborah et sentait le désodorisant — laissa voir toute son admiration:

— Votre mère est si jolie. Mais ne l'ai-je pas déjà vue quelque part?

— Elle est commentatrice à l'émission CBC *Newswatch*, marmonna Patricia.

— Ah, mais oui, bien sûr, c'est Ruth Reid! Je regarde souvent son émission. Et votre père est le journaliste Harris Potter. J'ai lu un article à leur sujet dans le dernier numéro du *Toronto Life*. Votre mère ne fait vraiment pas ses quarante-sept ans.

Patricia baissa la tête. Il lui arrivait souvent de vouloir disparaître. Cela ne lui disait rien de partager la renommée de ses parents.

— Je me souviens aussi qu'il y avait une photo de *toi* dans ce numéro, lui dit Deborah alors qu'elles se dirigeaient vers la Porte 74 pour l'embarquement.

Patricia détestait cette photo. On les voyait tous trois assis sur les marches de leur maison rénovée du quartier Cabbage-town. Ses parents paraissaient bien, mais elle, le visage enfoui sous ses franges raides, avait l'air aussi ordinaire que d'habitude. Pourtant, elle se rappelait avoir éprouvé un sentiment particulier de sécurité, coincée ainsi entre son père et sa mère, le bras de chacun d'eux passé autour d'elle. Sur cette photo, ils avaient l'air d'une famille heureuse et unie.

Mais la photo mentait. Debra réagirait différemment si elle savait que l'on envoyait Patricia dans l'Ouest pour l'été alors que ses parents fignolaient les derniers détails de leur séparation.

○

Dans l'avion, un vieux couple bavard la soumit à toutes sortes de questions embêtantes. Quel âge avait-elle? Aimait-elle l'école? Pourquoi allait-elle à Edmonton? Patricia répondit le plus brièvement possible, et à voix si basse qu'ils passèrent leur temps à lui demander de répéter. Elle savait qu'ils lui trouvaient l'air plus jeune que ses douze ans. L'hôtesse aussi l'ennuya souvent avec toutes sortes de recommandations inutiles.

Elle tâta du doigt le repas offert dans un contenant de plastique et soupira. Un petit steak trop cuit, des haricots verts sans consistance et une salade fanée. Tout en grignotant son petit pain, elle imagina un autre menu. En avion, une quiche ferait très bien l'affaire; peut-être bien au gruyère et aux épinards. Et puis, les haricots verts pourraient être marinés de la façon dont elle avait tenté de les apprêter la semaine dernière.

Lorsqu'elle eut passé en revue les nombreux menus possibles, elle repensa à sa parenté. Elle n'avait encore jamais rencontré sa tante Ginnie, son oncle Doug et leurs quatre enfants; sa mère étant toujours trop occupée pour que les deux familles puissent se rencontrer. À chaque Noël, Patricia examinait avec soin les photographies de ses cousins. Tous avaient l'air si sûrs d'eux. Jamais elle ne saurait quoi leur dire.

Au moins, il y avait le bébé. Elle pourrait peut-être aider à en prendre soin. Il lui était déjà arrivé de demander à ses parents s'ils auraient un autre enfant.

— Pas à mon âge, ma chérie, lui avait dit sa mère en riant. J'étais déjà presque trop vieille lorsque je t'ai eue! Non, plus de bébé pour moi!

○

À l'aéroport d'Edmonton, Patricia attendit, en compagnie d'une autre agente de bord, qu'un petit homme nerveux se présente. Il avait une épaisse chevelure poivre et sel et, derrière ses lunettes, l'air affable.

— Patricia? Patricia Potter? Je suis ton oncle Doug.

Il prit sa valise et la conduisit vers la voiture.

— Nous allons tout de suite au lac, lui dit-il. Ce n'est pas très loin; à environ quatre-vingts kilomètres de la ville.

Il parlait du «lac» comme s'il n'en existait aucun autre sur terre. Tout comme le faisait la mère de Patricia.

— Ta tante et ton oncle t'invitent au lac cet été, avait-elle dit à sa fille vers la fin de l'année scolaire.

Patricia avait frissonné, comme si une immense nappe d'eau, telle une petite mer, avait pu couvrir tout l'Ouest du Canada.

— N'y a-t-il donc qu'un seul lac en Alberta? avait-elle demandé timidement.

Sa mère avait soupiré d'impatience.

— Mais non, ma chérie. Ce n'est qu'une façon de parler; comme les gens de l'Ontario parlent «du chalet».

— Au Vermont, ils disent «le camp», avait ajouté son père qui avait déjà vécu en Nouvelle-Angleterre.

Il lui avait aussi nommé le lac, et montré dans un atlas à quel point il était petit.

Patricia avait bien essayé d'amener sa mère à le décrire un peu plus mais, bien que celle-ci y eût passé tous les étés de son enfance, elle était restée vague à son sujet.

— Je ne m'en souviens pas beaucoup et, de toute façon, cela doit avoir bien changé. Mais ne t'en fais pas, ma chérie. Tu t'amuseras beaucoup avec les cousins de ton âge.

Oncle Doug lui posa des questions sur le vol et le temps à Toronto, mais sans trop porter d'attention à ses brèves réponses. Patricia fut soulagée lorsqu'il tourna le bouton de la radio.

Des champs jaune clair, verts, bruns défilaient. Au-dessus de la campagne vallonnée s'arquait un ciel immense. Cela donnait à Patricia l'impression d'être encore plus petite, plus insignifiante. Les heures passées assise dans l'avion lui avaient fait une robe froissée et humide, des cheveux collés à la nuque.

Oncle Doug ferma la radio.

— Patricia, ta tante m'a demandé de te faire part d'une chose, commença-t-il en hésitant. Nous n'avons pas parlé à nos enfants, ni à qui que ce soit d'autre du divorce de tes parents. Si jamais tu désires en discuter avec nous, nous t'écouterons volontiers, mais nous n'aborderons pas le sujet, à moins que tu ne le souhaites. Lorsque ce sera rendu public à la fin de l'été, ta tante Ginnie et toi vous déciderez ensemble ce qu'il faut dire. Pour le moment, nous oublions tout ça. Au cours des deux prochains mois, nous voulons que tu te détendes; d'accord?

C'était bien ce que souhaitait Patricia. Mais en écoutant ces bonnes paroles, les larmes lui montèrent aux yeux. La gêne de son oncle lui rappelait celle de son père lorsqu'il lui avait fait ses adieux la veille au soir.

— Tu vas beaucoup me manquer, Patricia, avait-il murmuré à son chevet. Je pensais que toi et moi, nous pourrions apprendre ensemble à faire des *sushis* cet été. Mais tout va finir par s'arranger, tu verras. (Il n'en avait pas l'air tout à fait convaincu, pourtant il lui prit la main et continua.) Tu sais que, quoi qu'il arrive, je serai toujours ton père et...et que je t'aimerai toujours.

Patricia était gênée pour eux deux. Son père n'était pas le genre de personne à parler facilement de ses sentiments. De fait, il parlait rarement, semblant plus à l'aise devant sa machine de traitement de texte ou avec son appareil Cusinart qu'avec les gens.

Ce qui n'empêchait pas Patricia de le croire, car ils avaient toujours eu, l'un pour l'autre, une sorte de considération silencieuse. Mais, là, il semblait parler comme dans un livre, comme dans celui que sa mère venait de lui acheter: *Le divorce expliqué aux enfants*. Après avoir embrassé son père, elle avait soigneusement ramassé les draps autour d'elle, même si la nuit était chaude.

La voiture de son oncle quittait maintenant la grand-route pour s'engager sur un chemin cahoteux.

— Voilà le lac! dit oncle Doug qui semblait heureux de changer de sujet de conversation. Ma smala se querelle toujours pour savoir qui l'aurait aperçu le premier.

Patricia entrevit une bande de bleu entre deux collines. Puis, celle-ci disparut lorsque le chemin contourna un bâtiment en rondins identifié Magasin, tourna à gauche, et longea une série d'allées, chacune identifiée par un panonceau au nom du propriétaire.

Lorsqu'ils s'engagèrent dans celle des Grant, Patricia, les mains humides, commença à triturer un pan de sa robe. Un chien noir, semblable à un loup, accourait vers eux. Il jappait comme un fou et sautait sur la voiture qui n'avançait qu'à pas de tortue dans la longue descente.

— Voici Peggy, dit oncle Doug en riant.

Patricia s'enfonçait un peu plus dans son siège chaque fois que la tête du chien apparaissait à la glace de la portière.

Ils s'arrêtèrent à l'arrière d'un chalet vert d'allure délabrée. On aurait dit qu'une multitude de personnes en sortaient et se précipitaient vers la voiture avec des cris de bienvenue. Mais, en réalité, lorsque Patricia les compta, il n'y en avait que cinq.

Elle se raidit sous les embrassades de sa tante Ginnie. Le bébé, qui participait à l'accolade, lui fit un sourire édenté.

— Patricia, nous sommes si heureux de t'accueillir ici! Laisse-moi te regarder. Je ne crois pas que tu ressembles à Ruth. N'est-ce pas?

Patricia avait l'habitude de se faire dire qu'elle ne ressemblait pas à sa jolie mère. Et elle se rendait compte maintenant qu'elle tenait plutôt de sa tante Ginnie, qui était courtaude et bien en chair.

Tante Ginnie regarda sa nièce d'un air affectueux et inquisiteur. Patricia évita son regard et baissa la tête au moment où on lui présenta ses cousins.

Kelly était la plus âgée. Elle avait cette belle mine assurée que les filles populaires de l'école affichaient. Grande, jolie, et mince. Trevor était trapu et présentait un nez brûlé par le soleil. Maggie l'Échalote lui tirait la langue. Et le bébé ravi se nommait Rose-Marie.

— Tu arrives juste à temps pour le dîner, lui annonça joyeusement tante Ginnie.

Petit à petit, Patricia commençait à se sentir moins abattue.

Ils mangèrent devant le chalet des Grant, sur la pelouse en pente. La terrasse surplombait le lac qui s'étendait aussi loin que la vue de Patricia pouvait porter. Le ciel démesuré en prolongeait le bleu. L'herbe lui chatouillait désagréablement les jambes alors qu'elle enfournait littéralement un sandwich au poulet. L'air incrédule, Kelly et Trevor la regardèrent au moment où elle en prit deux autres. «Ils me croient gloutonne», se dit-elle. Mais elle était bien trop affamée pour s'en soucier réellement. Au moins, la nourriture serait-elle bonne.

Oncle Doug vint vers elle pour lui indiquer quelques points de repère.

— Cette affreuse cheminée que tu vois là-bas, à droite, appartient à une centrale électrique. Tout le monde voudrait la voir disparaître. Elle favorise la prolifération des algues et nous gâche la vue. Et tout ce vert à gauche, c'est la réserve amérindienne.

Patricia nota poliment mais ne répondit pas. C'était tout à fait comme dans l'avion: plus les gens essayaient de lui tirer les vers du nez, plus elle souhaitait disparaître.

La seule personne non menaçante de la famille lui paraissait être le bébé qui gazouillait, étendu sur une couverture à côté d'elle. Patricia mit un doigt hésitant dans sa menotte et Rose-Marie l'agrippa avec une force étonnante.

— C'est le bébé le plus facile que j'aie jamais eu, dit tante Ginnie. Toujours de bonne humeur. Je crois qu'elle nous trouve tous très amusants.

Puis, sa tante emmena le bébé pour la sieste et oncle Doug les suivit. Maggie était quelque part dans la nature. Patricia se retrouva donc seule pour faire face à ses cousins plus âgés. Elle remonta les genoux sous le menton et prétendit être absorbée dans le paysage.

— Personne ne porte de jupe au lac, dit platement Kelly en étendant les longues jambes bronzées qui émergeaient de son short effiloché.

— Je suis venue directement de l'aéroport, c'est pourquoi je suis habillée comme ça, marmonna Patricia. J'ai des shorts dans ma valise.

— Quel âge as-tu? lui demanda Kelly.

— Douze ans.

— Douze ans! En es-tu sûre? Maman a dit que tu avais mon âge.

— J'ai eu douze ans en mai, dit Patricia qui, subitement, s'en trouvait moins sûre.

— Tu n'as vraiment pas l'air plus vieille que moi, dit Kelly sceptique.

Puis, elle détacha un couteau de sa ceinture et se mit à écorcer une petite branche.

— Comment se fait-il que tu restes ici tout l'été? demanda Trevor.

À l'entendre, on aurait cru une éternité.

Patricia arracha un trèfle de la pelouse.

— Mes parents travaillent beaucoup tous deux. Ils ne voulaient pas m'avoir dans les jambes.

Ça, au moins, c'était la vérité.

— Nous avons vu ta mère à la télévision et maman nous a montré la chronique de ton père dans le journal. Quel effet ça fait d'avoir des parents célèbres? As-tu déjà été au studio de télévision? Ça te plaît qu'on parle de toi dans l'article que ta mère nous a envoyé?

Pour la première fois, la voix de Kelly exprimait une curiosité sincère et de la sympathie. Ce qui n'empêcha pas Patricia de rester sur ses gardes.

— Je préférerais ne pas parler de ça, dit-elle sèchement.

— Ce n'est pas nécessaire de monter sur tes grands chevaux, dit Kelly.

Puis, se tournant vers son frère, elle lui fit un signe de tête.

— Patricia, je crois que c'est le temps de te donner notre cadeau, annonça Trevor.

Son visage rond et couvert de taches de rousseur était vraiment tout sourire alors qu'il sortait une petite boîte bleue de sa poche et la lui tendait.

Patricia la prit avec précaution. Elle souleva le couvercle et poussa un cri aigu lorsqu'un minuscule crapaud brun atterrit sur ses genoux.

— Ce n'est qu'un crapaud. T'en as peur? dit Trevor en le capturant. (Il vint le placer tout près de son visage.) Allez, allez prends-le!

Patricia savait qu'elle ne passerait pas ce test. Elle ne pouvait se résoudre à toucher à cette peau sèche et palpitante.

— Non, non, merci murmura-t-elle en se levant. Où est-ce que je peux changer de vêtements?

Kelly haussa les épaules, l'air déçue.

— Maman t'expliquera, lui dit-elle, en l'éconduisant de cette façon.

Jusqu'à la fin de cette première journée, les cousins de Patricia l'ignorèrent, et elle-même essaya d'éviter les avances bien intentionnées de son oncle et de sa tante. Comme elle engloutissait le souper réconfortant, elle fut tentée de donner à sa tante Ginnie sa propre recette de gâteau aux carottes. Mais comme il lui aurait fallu parler, elle jugea plus utile de se taire.

Le plus pénible se produisit à la fin de la journée, car elle dut partager le lit de Kelly. Elle n'avait jamais partagé le lit, ni même la chambre de qui que ce soit. Patricia resta étendue, sans bouger, au bord intérieur, aussi loin de Kelly que possible.

— J'espère au moins que tu ne donnes pas de coups de pied, fut tout ce que sa cousine trouva à lui dire.

Le vent dans les arbres bruissait comme une pluie. Patricia frissonna et ramena les draps de flanelle et le lourd couvre-pied de satin sous son menton. Elle mit beaucoup de temps à s'endormir.

3

Le deuxième jour, celui qui s'était lamenta-
blement achevé sur l'aventure du canot, avait
débuté par la rencontre d'autres cousins: Christie et Bruce Reid, dont le chalet se trouvait à
quatre propriétés de là. Tous deux avaient les
traits fins et les cheveux roux ondulés. Ceux
de Christie lui tombaient dans le dos et étaient
retenus aux tempes par deux barrettes en
forme de cheval. Elle avait dix ans et son frère
neuf, comme Trevor. Tous deux jetèrent à Patricia un regard suspicieux, puis ils s'accroupi-
rent en compagnie de Kelly et de Trevor dans
un coin de la véranda protégée d'une moustiquaire, comme décidés à faire bande à part.

Leurs parents, oncle Rod et tante Karen,
les accompagnaient. Ils expliquèrent que
leurs deux fils aînés voyageraient en Europe
cet été-là. Patricia baissa la tête afin d'éviter
le regard curieux et insistant de tous ses
proches. Le fait d'être de la parenté semblait
leur donner un droit de regard sur elle.

— Voilà donc la fille de Ruth! dit oncle Rod cordialement.

Il avait une tête presque chauve et qui miroitait.

— Viens ici me montrer tes dents.

Christie gloussa et Patricia devint toute rouge. Pourquoi donc voulait-il voir ses dents?

— Laisse-la donc tranquille, objecta sa minuscule épouse, qui paraissait beaucoup plus jeune que lui. Ton oncle est dentiste, expliqua-t-elle. Et il ne peut s'empêcher d'examiner les gens, même lorsqu'il est censé être en vacances.

Patricia resta bouche cousue et assise sur le parquet. Pourtant, oncle Rod n'en démordait pas.

— Tu utilises la soie dentaire, n'est-ce pas?

Patricia acquiesça, mal à l'aise.

— Tous les jours? Il n'y a rien comme la soie dentaire pour prévenir les caries.

— Rod! dit tante Ginnie en lançant un regard d'avertissement à son frère.

Mais au grand soulagement de tous, Maggie vint leur offrir une diversion.

— Moi, je vais te montrer mes dents, oncle Rod. Elle ouvrit grand la bouche. Tu vois? J'en ai perdu deux!

— La fée des dents t'a laissé un peu d'argent? lui demanda son oncle.

— Oui.

La petite fille, dans l'expectative, attendit que son oncle Rod aille chercher de la monnaie dans la poche de son pantalon.

— Voilà un petit supplément, dit-il.

Maggie examina la pièce de 25 cents offerte.

— La fée des dents m'a donné 25 cents pour chacune d'elles, dit-elle d'un air résolu.

— Maggie! dit oncle Doug en la prenant sur ses genoux.

— Tu essaies encore de t'enrichir, n'est-ce pas ma petite Maggie! gloussa oncle Rod. Combien d'argent as-tu économisé jusqu'à présent?

— J'ai 49 dollars et 21 cents à la banque et, chaque fois que je surveille Rose-Marie, j'en reçois 10, dit fièrement Maggie.

— Et que vas-tu faire de tout cet argent, demanda tante Karen?

— Je n'en sais rien. Mais ce sera sûrement quelque chose de très important.

Perchée ainsi sur le genou de son père, Maggie semblait tout à fait satisfaite d'elle-même. Patricia se dit qu'elle devrait avoir honte de craindre une enfant de six ans, mais l'assurance de cette petite fille l'inquiétait autant que l'attitude distante de son frère et de sa sœur.

Les aînés des enfants se levèrent. Trevor et Bruce partirent à la pêche.

— Christie et moi allons faire un tour de canot, annonça Kelly.

— Emmenez Patricia avec vous, dit sa mère. Tu sais nager, n'est-ce pas Patricia?

Lorsque tante Ginnie en eut reçu l'assurance — chaque hiver Patricia suivait des leçons de natation dans une piscine couverte de Toronto — les trois cousines purent descendre les marches raides qui menaient au lac.

Le canot reposait sur la plage caillouteuse. Sur l'un de ses côtés verts, il y avait peint le mot HUART.

— As-tu déjà fait du canot? demanda Kelly.

Patricia fit signe que non.

— Vous pouvez me laisser ici, dit-elle. Je vous regarderai de la rive.

— Maman a dit que nous devions t'emmener, alors il vaut mieux que tu viennes. Assieds-toi au fond, au milieu, et appuie-toi au barrot. Ne bouge pas; les canots chavirent facilement.

Patricia s'exécuta. Kelly et Christie tirèrent le canot, avec elle à l'intérieur, puis elles y montèrent elles-mêmes avec précaution et commencèrent à pagayer.

Le fond du canot était traversé de membrures de bois qui lui meurtrissaient la chair. Et c'était étrange d'être assise si bas dans l'eau alors que l'on n'y était pas vraiment. Mais Patricia finit par se laisser aller contre le gilet de sauvetage qu'elle utilisait en guise de coussin. Le soleil lui chauffait le crâne et le canot dansait sur l'eau. Une odeur de fraîcheur, comme celle du linge frais lavé, montait du lac. Pour la première fois depuis son arrivée ici, elle se sentait calme.

Kelly les gouvernait d'une main sûre le long de la rive. Elle et Christie entamèrent une discussion que Patricia n'arrivait pas à suivre. Cela concernait des enfants qui habitaient à l'autre bout de la plage.

— Voilà le Laser des Cresswell, dit Kelly. Quelle merveille! Ils vont participer à la course de dimanche. Mais, j'espère qu'ils la perdront.

Elle déposa sa pagaie sur les fargues du canot et observa un groupe de voiles blanches qui voguaient à l'horizon. Plus près de la rive, des planches à voile aux dessins très colorés s'agitaient au vent, et parfois chaviraient. Kelly soupira.

— J'aimerais tellement que nous ayons un voilier...ou au moins une planche à voile.

— Je croyais qu'oncle Doug devait vous acheter un voilier d'occasion cet été, dit Christie.

— Il en avait bien l'intention, dit Kelly en secouant sa crinière d'un geste colérique. Mais alors toutes sortes de choses sont survenues. Rose-Marie est née; sa naissance n'était vraiment pas prévue l'été dernier. Maman devait retourner enseigner et, comme ça, nous aurions eu plus d'argent, mais maintenant elle ne veut plus. Puis, comme papa ne peut être en vacances avant le mois d'août, il ne restera plus assez de temps pour m'apprendre la voile.

— T'en fais pas, dit Christie. À nous deux, nous avons au moins deux canots et une barque.

Il y eut ensuite un long moment de silence. Des canots à moteur vrombissaient au loin, des voix donnaient des ordres aux skieurs nautiques. Le canot glissait presque sans bruit, un mince courant d'eau se brisant à son étrave. Patricia appréciait que ses cousines l'ignorent. Mais soudain, comme par un accord tacite et muet, elles se mirent à l'interroger:

— Patricia, pourquoi n'as-tu jamais fait de canot? demanda Christie.

— Je n'ai jamais habité au bord d'un lac, avoua Patricia. Mes parents prennent leurs vacances au printemps et nous allons aux Bermudes.

— Et alors que fais-tu en été? demanda Kelly dans son dos.

— Je vais au camp de jour de mon école. On nous emmène au musée; on nous fait participer à toutes sortes d'activités.

— Des musées! railla Kelly. Quelle chose stupide à faire pendant l'été!

— Mais que sais-tu faire au juste? demanda Christie de sa petite voix posée. Sais-tu monter à cheval? J'ai gagné des prix en concourant à Edmonton.

— J'ai déjà suivi des cours d'équitation, mais je n'ai pas aimé ça, dit Patricia en frissonnant à cette simple évocation.

— Sais-tu pêcher? Faire un feu de camp?

— Non, dit Patricia qui, sans voir leur visage, ressentait tout de même leur désapprobation. Mais je sais cuisiner, ajouta-t-elle en s'efforçant de parler plus fort. Mon père me l'a appris.

— Cuisiner! dit Christie en riant. Tout le monde sait cuisiner. Moi-même, je sais faire de très bons carrés au maïs soufflé.

Patricia aurait aimé leur dire qu'elle réussissait du pain, de la pâte à tarte presque parfaite et des omelettes meilleures que celles de son père. Mais elles se moqueraient probablement de ses intérêts démodés, tout comme il arrivait à sa mère de le faire.

— Tes repas sont délicieux, ma chérie, mais je ne veux pas que tu apprennes à n'être qu'une bonne petite ménagère, lui avait-elle dit. De nos jours, les femmes peuvent faire beaucoup plus que de la cuisine.

Au repas du midi, Maggie trouva le surnom que Patricia appréhendait depuis toujours. Après six années de fréquentation scolaire, elle ne s'y habituait toujours pas.

— Patricia Potter... prononça lentement la petite fille. Je sais toutes mes lettres et tes deux noms commencent par un P. (Tout son visage s'illumina.) Pipi Pipi Pot! Salut PiPot!

— Ça suffit, Maggie! dit tante Ginnie. Ne sois pas si impertinente avec Patricia.

Mais quand sa mère avait le dos tourné, Maggie lui reservait souvent ce surnom d'une voix sifflante.

C'était après le dîner que ses cousins l'avaient désertée sur le chemin du chalet de l'oncle Rod. Patricia avait erré sans but sur la plage et trouvé le canot. Le matin, cela lui avait paru si facile. Elle s'était dit qu'elle pourrait peut-être apprendre à pagayer toute seule et leur montrer ainsi qu'elle y arrivait aussi bien qu'eux.

4

Tôt le lundi matin, oncle Doug partit travailler à la ville. Au déjeuner, tante Ginnie annonça à Patricia que, chaque matin du mois de juillet, les enfants suivraient des cours de natation à la grande plage.

— Je n'en vois pas la nécessité, se plaignit Kelly. C'est une vraie perte de temps, parce que nous savons tous nager.

— Tu sais que nous désirons que vous obteniez les insignes de la Croix-Rouge, dit sa mère. Le reste de la journée, vous pouvez faire ce que vous voulez. Et si tu veux manger, tu n'as qu'à te présenter lorsque je sonne la clochette pour les repas. Autrement, tu peux emporter un goûter avec toi.

Patricia éprouva de l'angoisse à la pensée de tout ce temps libre. À Toronto, chacun des moments de sa journée était soigneusement planifié, de façon à occuper pleinement son temps, jusqu'à ce que ses parents aient terminé leur journée de travail. Et, chaque jour après l'école, une activité différente était prévue: natation, apprentissage du français, piano, gymnastique, débats organisés. La mère de Patricia les avait choisies pour l'encourager à acquérir des habiletés physiques, créatrices, et sociales. L'école qu'elle fréquentait, *l'École Nouvelle*, était elle aussi censée développer la personnalité complète de l'enfant.

Mais Patricia se fichait pas mal d'avoir une personnalité «complète». Ce qu'elle aimait imaginer, pendant et après l'école, c'était le menu du dîner qu'elle préparait chaque soir avec son père; ou seule depuis que son père n'était pour ainsi dire plus à la maison.

Tante Ginnie déboutonna son chemisier et mit le bébé au sein. Patricia observa, fascinée, tandis que Rose-Marie tétait bruyamment avec des soupirs de contentement.

— Tu es un vrai petit goinfre, dit tante Ginnie en riant. Mais Kelly, pourquoi ne descendez-vous pas tous à la plage? Je vous y rejoindrai dès que je le pourrai.

— Nous devons d'abord nous arrêter chez Bruce et Christie, dit Kelly.

— Moi aussi! s'écria Maggie.

— Ah...maman, gémit Kelly, est-ce qu'elle doit vraiment nous suivre partout?

— Maggie, tu restes avec moi. Je vais avoir besoin de ton aide. Kelly, attends que Patricia ait fini de manger ses céréales.

Patricia jeta un regard à Kelly et à Trevor. Ils devaient trouver sa présence aussi embêtante que celle de Maggie. Prenant son courage à deux mains, elle demanda:

— Est-ce que je ne pourrais pas venir avec toi, tante Ginnie? Je pourrais t'aider à avoir soin du bébé.

— C'est vraiment ça que tu veux?

Patricia approuva de la tête, tout en essayant de ne pas voir la mine joyeuse de ses cousins. En moins de deux, Kelly et Trevor avaient décampé.

Un peu plus tard, Patricia, intimidée d'être vêtue seulement d'un maillot de bain, suivait tante Ginnie le long de l'étroit sentier qui menait à la grande plage. Elles étaient chargées comme des mulets. Tante Ginnie poussait un landau déglingué où se trouvait Rose-Marie, les serviettes de bain, les chapeaux, les seaux, les couches, les jouets et un parasol. Patricia portait un panier à provisions. Maggie et Peggy allaient devant. La chienne, tout excitée, allait et venait à travers les fourrés.

C'était la première fois que Patricia se rendait plus loin que le bout de plage des Grant. Tout au long du sentier escarpé, s'échelonnait une simple rangée de chalets bien en retrait.

— Les Cohen, les Hill, les Rainier, les Cherniak, chantonnait Maggie. Je connais tous les chalets du lac.

41

Le sentier s'élargit et Patricia vint marcher à côté de sa tante.

— J'ai emprunté ce sentier si souvent! lui dit tante Ginnie, l'air heureuse. Ta mère devait m'emmener à la grande plage tous les jours. Ce qu'elle a dû détester avoir sa petite sœur constamment à la traîne!

Patricia essaya d'imaginer sa mère à cet endroit, mais tout ce qu'elle arriva à voir, fut à quel point elle aurait détesté salir ses chaussures dans ce sentier poussiéreux.

— C'est gentil de m'aider, ce matin, Patricia, dit tante Ginnie en souriant. Mais tu n'es pas obligée de venir avec moi tous les jours, tu sais! bien que je te comprenne d'être intimidée par tes cousins. C'est un groupe turbulent, surtout Kelly. Et c'est si difficile de se faire des amis quand on se sent triste. Mais sais-tu la meilleure façon de se guérir de cela?

Le rouge aux joues, la tête baissée, Patricia fit signe que non. Elle aurait souhaité que Maggie ne fût pas si loin pour distraire tante Ginnie de cette conversation embarrassante.

— La meilleure chose à faire, c'est de ne plus penser à soi et à ses problèmes. Donne la chance à tes cousins de t'aider à te sentir mieux.

Elles rejoignirent la grande plage avant que Patricia n'ait eu à répondre. Le landau fut laissé en haut des marches pendant qu'elles en transportaient le contenu. De nombreuses mamans et quelques papas étaient déjà éparpillés sur le sable avec leurs enfants. Quand on présenta Patricia au groupe, un immense chien mouillé vint lui sauter dessus. Et tout comme l'oncle Rod l'avait fait, de nombreuses personnes s'exclamèrent:

— Ah, voilà donc la fille de Ruth!

Tante Ginnie installa le bébé endormi sous le parasol. Puis, elles regardèrent Maggie et les plus jeunes enfants suivre leur cours de natation.

Le soleil dardait et forçait Patricia à cligner des yeux. L'eau et le ciel étaient du même gris argenté. Un large appontement blanc s'avançait dans le lac. Au-delà, il y avait un radeau blanc aussi et, attaché à l'un des côtés, un plongeoir.

Tante Ginnie enduisit le dos de Patricia de crème solaire. Puis, celle-ci pressa un peu le tube sur ses bras et ses jambes. Ensuite, elle s'étendit sur le dos, ferma les yeux, et laissa le chaud soleil la calmer. Si on lui accordait la chance de passer tout son temps avec tante Ginnie et Rose-Marie, les choses iraient beaucoup mieux.

Mais ce calme fut perturbé par l'arrivée intempestive de Kelly, Trevor, Christie, Bruce et tante Karen. Celle-ci s'assit près de tante Ginnie et entama une conversation à bâtons rompus. Les autres chahutaient dans le sable, fourrageaient dans le panier à provisions à la recherche de limonade et se chamaillaient à propos des serviettes de bain. Patricia se demanda s'ils avaient parlé d'elle entre eux.

Lorsqu'arriva le temps de sa leçon de natation, elle fut placée dans le groupe des Gris en compagnie des garçons et de Christie. Ils devaient nager cinq longueurs, aller et retour, depuis l'appontement. Patricia nageait assez bien, mais elle ne l'avait encore jamais fait dans un lac. Lorsqu'elle ouvrit les yeux dans l'eau tiède, cela lui apparut vert et traversé de raies lumineuses. De minuscules graines y flottaient aussi et des vairons agressifs lui chatouillaient la peau. Elle se rappela un conte qui l'avait beaucoup effrayée lorsqu'elle était petite: *Jérémie-Pêche-à-la-Ligne*. Elle ne pouvait s'empêcher d'imaginer un immense poisson, venu du fond de la mer, qui l'emporterait.

Après un moment de repos sur l'appontement, leur professeure, une adolescente, leur dit de plonger à nouveau. Les pieds de Patricia se prirent dans une masse d'algues et elle s'empressa de s'en éloigner en nageant.

Ce fut un soulagement lorsque la leçon prit fin. Patricia, qui frissonnait sous sa serviette, regarda Kelly se joindre au groupe des Blancs pour le cours le plus avancé. Les mamans décidèrent d'entrer dans l'eau à leur tour. Mais, au lieu de nager, elles se contentèrent de faire des ronds tout en conversant.

Trevor et Bruce lançaient des bâtons pour faire courir Peggy. Patricia et Christie surveillaient les plus petits. Afin d'éviter de parler à ses cousins, Patricia pataugea le long de la rive et se mit en devoir d'aider un petit garçon à creuser un trou. L'eau moussait là où elle venait lécher la plage et des punaises de sable sautaient dans la mousse brune. Patricia donna une pichenette sur une moucheture qu'elle avait sur le bras. Mais, soudain, elle hoqueta de surprise et courut vers Christie.

— Il y a quelque chose...quelque chose de collé sur moi!

Kelly venait tout juste de revenir de sa leçon. Elle et Christie examinèrent le bras de Patricia.

— Ce n'est qu'une sangsue, dit Kelly avec un plaisir évident.

— Si tu ne l'enlèves pas, elle va te sucer tout le sang! ajouta Christie.

En pleurnichant, Patricia tira sur la sangsue. Mais celle-ci prit la forme répugnante d'un ver qui s'étirerait sans vouloir lâcher prise.

— Tire plus fort, conseilla Kelly. Oh... oh... regarde comme c'est gluant, PiPot!

Soudain, tante Ginnie fut à ses côtés.

— Ne sois pas ridicule, Kelly, dit-elle d'un ton cassant. Tu sais bien qu'il ne sert à rien de tirer. Calme-toi, Patricia. Je vais l'enlever.

Elle prit une poignée de sable sec et le laissa filer sur la sangsue. Celle-ci se roula en boule et tomba.

Patricia ne pouvait s'empêcher de pleurer. Elle reniflait et avalait ses larmes comme un bébé. Tante Ginnie essayait de la consoler, tandis que les autres se détournaient d'elle avec mépris. Et, comme si Peggy avait compris que Patricia était rejetée du groupe, elle vint s'ébrouer près d'elle et l'asperger d'eau froide.

— PiPot est une peureuse, lui murmura Maggie. Moi, je n'ai pas peur des sangsues.

Enfin, ce fut l'heure du dîner. Chacun transporta quelque chose jusqu'au landau et la longue procession reprit le chemin du chalet. Patricia s'entourait de sa serviette comme d'une misère. Elle marchait, silencieuse, entourée de la famille jacasseuse, en pensant aux deux mois de matins semblables qui l'attendaient.

— J'ai un plan, dit Kelly à Trevor après le dîner. Nous allons espionner les Cresswell. Viens, PiPot, ajouta-t-elle à voix basse. J'imagine que tu dois venir avec nous.

— Aimerais-tu que je t'aide cet après-midi, tante Ginnie? demanda Patricia l'air désespéré.

— Non merci, ma chérie. Le bébé va maintenant faire une sieste et je crois bien que je vais en faire autant.

— Si tu veux, je peux aussi préparer le souper, essaya encore Patricia.

46

— Tu n'es pas ici pour travailler, Patricia! dit tante Ginnie en riant. Cours vite jouer avec les autres.

Maggie avait réussi à s'intégrer au groupe. Elle avait pris les devants et les attendait chez l'oncle Rod. De nouveau, les six cousins s'engagèrent lentement sur le chemin de la grande plage.

Personne n'adressait la parole à Patricia. Ils devaient maintenant la mépriser tout à fait. Elle s'était montrée si pleutre. Elle aurait aimé se défiler, mais pour aller où? Son pied se prit dans une racine, elle trébucha et se fit mal. Elle n'osa pas se plaindre. Aucun de ses cousins ne portait de chaussures et, le matin même, Kelly s'était vantée de ce que la plante de ses pieds avait bien durci. Malgré les épaisses semelles de ses sandales à courroies, Patricia, elle, sentait chaque pierre.

Elle se demandait bien où ils s'en allaient. Si elle en parlait à Bruce? C'était le cousin qui lui paraissait le moins menaçant; presque aussi tranquille qu'elle même.

— Qui sont les Cresswell? lui murmura-t-elle.

Mais Kelly l'avait entendue.

— Tu ferais bien de les connaître, puisque tu es avec nous. Autrement, tu risques de nous trahir, ou quelque chose du genre. Les Cresswell font partie des ÉTRANGES. C'est comme ça que nous appelons les enfants qui habitent à l'autre extrémité de la plage — eux, les Robinson et les Talbot. Ce sont des snobs, des mous qui restent assis sur leur derrière avec un baladeur sur les oreilles. Ils ne vont pas à la pêche, ne construisent pas de forts, ne font jamais de feux de camp comme nous. Leurs chalets ressemblent à des maisons de ville. Ils possèdent un téléviseur et même un magnétoscope. Sauf pour la voile, ils ne savent même pas à quoi peut servir ce lac.

— Papa dit que tu fais ta snob quand tu parles comme ça, dit Trevor à sa sœur. Moi, j'aimerais beaucoup que nous ayons une télé au chalet.

— T'es bien trop stupide pour savoir ce que tu veux, lui dit Kelly.

Trevor haussa les épaules, indifférent. Il lui arrivait souvent de remettre en question les façons autoritaires de Kelly, comme par obligation, mais il finissait toujours par s'y conformer sans discuter.

— Notre chalet a été construit un des premiers sur le lac, dit fièrement Kelly. Quand maman était petite, la famille n'avait même pas l'électricité, ni l'eau courante. Tous les chalets de notre bout de plage sont les vrais chalets.

— Et le nôtre est vieux aussi, dit Christie.

— Oui, mais pas autant que le nôtre... qui est aussi celui où ont habité nos parents quand ils étaient enfants.

Patricia enviait la passion que mettait sa cousine à parler de sa famille.

— Ma mère y est venue aussi, lui rappela-t-elle timidement.

— Je le sais, répliqua Kelly. Ils étaient quatre enfants. Oncle Gordon, le plus vieux, habite maintenant Victoria. Puis, ce sont oncle Rod, ta mère et la mienne. Ils nous ont vendu leur part du chalet, parce que ta mère et oncle Gordon n'habitaient plus par ici et qu'oncle Rod en voulait un plus grand. C'est pourquoi il est entièrement à nous, ajouta-t-elle avec satisfaction.

Ils finirent par arriver à l'autre bout de la plage où, comme Kelly l'avait dit, les chalets étaient plus grands et plus récents, quelques-uns décorés en façade de bacs à fleurs peints.

— Bon, voici le plan, dit Kelly. Je veux inspecter leur voilier. Nous allons nous faufiler le long de la plage et vous pourrez ensuite surveiller du hangar à bateaux pendant que je m'en approcherai.

À cet endroit, la plage était au niveau du sentier. Ils rampèrent au-delà d'un hangar rouge et se tapirent dans les buissons, tandis que Kelly montait sur le quai des Cresswell et examinait amoureusement le voilier.

— Quel est l'insecte qui plonge de haut vol? demanda Trevor au bout de quelques minutes.

— Un maringouin! répondit Maggie. Celle-là, je la connais. Mais pourquoi Kelly met-elle autant de temps? Je n'aime pas rester assise ici.

— C'est ennuyeux, admit Bruce. On va à la pêche, Trev?

Après le départ des garçons, Christie, mal à l'aise, changea de position.

— Je commence à avoir des crampes.

— Je sais, Maggie, allons piquer dans le jardin des Robinson. Il y a peut-être des carottes. PiPot, toi, tu surveilles jusqu'à notre retour.

Elle et Maggie rampèrent, puis coururent vers la plage.

Kelly était maintenant à l'intérieur du voilier. Elle n'avait vu personne partir. Patricia s'ennuyait, mais craignait de déserter son poste. Elle gratta une des piqûres de moustique qui marquaient ses jambes. Il faisait frais dans les buissons. Elle se déplaça vers un endroit dénudé où elle s'assit dans le sable chauffé par le soleil. Des abeilles bourdonnaient dans l'air tranquille, une libellule passa.

Tout à coup, Patricia se mit à penser à ses parents. Elle avait beau essayer d'éviter cela, parfois, c'était plus fort qu'elle. Ils devaient avoir des discussions fort sensées sur des sujets tels que la fréquence des visites de Patricia à son père. Lorsqu'elle reviendrait en ville, celui-ci habiterait définitivement avec Johanna.

Johanna était la femme dont il était maintenant amoureux. Patricia ne l'avait rencontrée qu'une seule fois, à un dîner prévu pour cette occasion. Elle était très différente de sa mère. Simple, avec un visage doux, elle était calme comme son père et elle-même. Ils étaient restés assis là, tous les trois, au *Courtyard Café*, gênés, silencieux, en essayant de dominer l'embarras dans lequel les plongeait cette situation.

Johanna avait plu à Patricia. Et elle ne blâmait pas son père de vouloir les quitter, elle et sa mère. Il lui arrivait même de l'envier d'échapper à cette dernière.

— Il n'y a aucune raison pour que nous n'abordions pas cette situation d'une façon raisonnable, lui répétait-elle sans cesse. De toute évidence, ton père — elle ne l'appelait déjà plus Harris — et moi ne pouvons plus vivre ensemble. Mais, toi et moi, nous nous entendrons très bien.

Elle disait cela sèchement, comme s'il s'agissait d'une obligation.

Patricia se rappelait une époque où sa mère n'avait pas été aussi cassante. Même si elle avait toujours eu des manières autoritaires, elle riait souvent, comme la fois où ils avaient enlevé le papier peint de leur vieille maison, et cette autre fois où ils étaient partis en excursion à bicyclette. Mais plus sa mère obtenait du succès, plus elle intimidait Patricia. Ce n'était pourtant que cette dernière année, quand tout s'était mis à mal aller, qu'elle avait commencé à la craindre aussi.

Maintenant, sa mère riait rarement, même si elle souriait toujours, d'un sourire distant, volontaire et menaçant.

Les pensées vagabondes de Patricia furent interrompues par un cri perçant:

— Hé! Que fais-tu sur notre bateau?

Deux garçons arrivaient en courant sur la plage. Patricia se leva d'un bond et détala des buissons en direction opposée. Elle aperçut Kelly qui filait à toute vitesse. Celle-ci la dépassa, et Patricia se mit à haleter derrière elle.

— Par ici! dit Kelly d'une voix sifflante.

Elle attrapa la main de Patricia et la tira si fort que cette dernière eut l'impression que son bras se déboîtait. Puis, toutes deux s'écrasèrent dans les buissons en bordure du sentier. Kelly s'étira le cou.

— Ils ne nous suivent pas. Ils sont probablement occupés à vérifier si je n'ai pas abîmé leur précieux bateau. (Elle enleva quelques brindilles de son pantalon.) Que s'est-il passé? Où sont tous les autres? Et pourquoi ne m'as-tu pas avertie?

Patricia se sentait incapable d'affronter le visage colérique de sa cousine.

— Ils sont tous partis. Trevor et Bruce sont allés à la pêche. Et Christie et Maggie sont allées piquer des carottes ou quelque chose comme ça. Ils m'ont laissée là pour surveiller.

— Et alors, pourquoi n'as-tu pas surveillé?

— Je... Je crois que pendant quelques instants je n'ai pas fait attention. Je suis désolée.

Kelly lui montra le poing.

— Ah, PiPot, t'es au-dessous de tout! Tu l'es vraiment! Tu as tout fait échouer. Et c'est ce que t'as fait depuis ton arrivée ici. Je voudrais bien que tu ne sois jamais venue!

Elle se fraya un chemin au travers des buissons et disparut.

Patricia resta plantée là pendant un bon moment à se demander quoi faire. Elle ne pouvait pas rentrer au chalet puisque tante Ginnie s'inquiéterait de la voir revenir seule. Elle marcha donc péniblement jusqu'à celui des Grant et se blottit derrière le canot. Étrangement, il lui apparaissait comme son seul ami. Même s'il l'avait fait tomber à l'eau, le fait d'y avoir monté était la seule bonne chose qui lui soit arrivée depuis son arrivée ici.

— HUART, murmura-t-elle en couvrant de ses doigts les lettres à moitié effacées.

Lorsqu'elle crut l'heure du souper arrivée, Patricia se glissa dans le chalet et y retrouva ses cousins qui jouaient au Monopoly sur la véranda. Kelly rougit et se détourna. Pendant un instant, Patricia imagina que sa cousine avait des remords, mais Kelly avait été si en colère qu'il était difficile de croire qu'elle se repentait vraiment.

Après le souper, il commença à pleuvoir. Lorsque le bébé fut endormi, tante Ginnie leur lut un chapitre de *Le Vent dans les Saules*. Le fait d'être assise là, de ne pas avoir à participer à quoi que ce soit, était si rassurant que Patricia souhaitait que sa tante ne s'arrêtât jamais.

La pluie arrivait en rafales sur les fenêtres et le feu pétillait, fumait. C'était intime. Pourtant, Patricia se sentait si étrangère à la famille combative qui l'entourait, qu'elle se pinçait presque pour se rappeler qu'elle était bien là.

Après avoir rangé le livre, tante Ginnie prit une photographie sur le manteau de la cheminée.

— Regarde, Patricia. Voici une photo de ta mère au lac.

La photo montrait un bien étrange groupe familial, qu'on aurait dit costumé.

— Nous avions échangé nos habits pour un bal masqué, expliqua tante Ginnie. Je m'en souviens comme si c'était hier. J'étais Gordon. Les jambes de son pantalon n'arrêtaient pas de se dérouler et elles me faisaient trébucher. Les hommes étaient si drôles dans les vêtements de maman, de Ruth et dans les miens. Tout en parlant, elle montrait les visages. Et voici ta grand-maman. Tu vas la rencontrer puisqu'elle vient passer la semaine prochaine avec nous.

— Regarde comme tu étais grasse, maman, dit Maggie, narquoise, qui regardait par-dessus l'épaule de Patricia.

— Tu veux dire que je ne le suis plus? dit sa mère, taquine. Je devais avoir quatre ans à cette époque-là...et Ruth, douze. Ton âge, Patricia.

Patricia ne pouvait détacher son regard de la photographie. La flamme du feu tremblotait sur le verre, animait les visages. Dans leurs drôles de costumes, la plupart des membres de cette famille ancienne souriaient. Tous, sauf une, une jeune fille qui faisait la moue parmi ses frères.

Sa mère. Patricia reconnaissait le regard toujours fier, son expression lorsque quelque chose contrariait ses plans si bien agencés. Elle portait les vêtements trop grands de ses frères et paraissait pleine de ressentiment; aussi étrangère à cette joyeuse famille que Patricia l'avait été lors de la prise de photographie du *Toronto Life*.

— Nous avions tellement de plaisir, dit en soupirant tante Ginnie. Cet été-là, les garçons étaient fous de badminton. Ils venaient tout juste de terminer le court à l'arrière du chalet, celui qui est tout en broussailles à présent. Il leur arrivait de vouloir me l'enseigner.

— Tu étais gâtée, maman? demanda Maggie.

— J'imagine que je l'étais un peu, ma petite Maggie, tout comme toi à présent. Allez, il est plus que temps d'aller dormir.

Elle et Maggie quittèrent la pièce et Patricia replaça à contrecœur la photographie sur la manteau de la cheminée. Elle ne comprenait pas pourquoi celle-ci l'attirait tellement.

— Écoute, PiPot, dit Kelly. Nous avons quelque chose à te dire avant que maman ne revienne.

Patricia attendit, anxieuse.

— Tu n'es pas comme nous, commença par dire lentement Kelly.

Au lieu de regarder Patricia, elle fixait le feu qui crachotait.

— Même si nous sommes parents, tu ne nous ressembles pas. Il me semble que si tu dois passer toute la journée avec nous...tu n'aimes pas jouer avec nous, n'est-ce pas?

Patricia aurait souhaité que cela ne fût pas vrai, mais elle acquiesça.

— Mais maman dit que tu dois t'amuser avec nous, dit Trevor.

— ...alors, nous avons trouvé une solution, enchaîna Kelly. Chaque après-midi, nous allons prétendre que nous partons ensemble. Puis, nous nous séparerons. Tu seras libre de faire ce que tu veux, et nous aussi. Nous nous retrouverons ici au souper et j'imagine que tu resteras avec nous pour la soirée, puisque maman se trouve là plus souvent. Mais au moins nous profiterons chacun de nos après-midi, et personne n'aura d'histoires. C'est d'accord?

Elle et Trevor la suppliaient presque du regard. Il n'y avait pas d'autre choix. Il était évident qu'ils ne voulaient pas l'avoir avec

56

eux, pas plus qu'elle-même ne souhaitait l'être. Mais à quoi s'occuperait-elle chaque après-midi?

— D'accord, murmura-t-elle.

— Formidable! Il n'y a vraiment rien d'autre à faire, PiPot.

La voix de Kelly avait un accent presque aimable.

— Quelle est la différence entre une boîte de pois et un aquarium? demanda Trevor à sa sœur.

— Euh...

— Eh bien, dans la boîte de pois, les pois sont verts et dans l'aquarium, les poissons rouges.

La réponse les fit rire aux éclats.

— Voilà qui me plaît, dit tante Ginnie en entrant dans la salle de séjour. J'aime quand tout le monde s'amuse.

5

Le lendemain, après le dîner, Kelly dit avec entrain en repoussant sa chaise:

— Viens Patricia. Nous allons rencontrer les autres et commencer à bâtir notre fort.

Tante Ginnie sourit, heureuse de la proposition de sa fille. Patricia se demanda ce qu'elle penserait si elle pouvait les voir dans quelques minutes. Arrivés au chalet voisin des Donaldson, les trois cousins s'arrêtèrent.

— T'as bien compris, PiPot, dit Kelly. Quand maman sonne la clochette, tu nous rejoins ici.

Patricia regarda l'heure à sa montre.

— À quelle heure?

— Je ne sais pas, dit Kelly, condescendante. Je ne porte jamais de montre l'été.

Patricia eut un geste de protection pour la sienne. Son père la lui avait offerte, il y avait trois ans, et elle lui avait toujours donné l'heure juste. Elle ne pouvait imaginer une journée passée sans elle.

— Contente-toi de venir quand tu entendras la clochette, lui répéta Kelly, agacée.

Puis, elle et Trevor partirent en courant et le premier après-midi solitaire de Patricia commença.

Elle le passa assise près du canot. À cette extrémité de la plage, il y avait plus de galets que de sable et Patricia en fit des tas qu'elle s'appliqua ensuite à abattre d'une main nonchalante. Plus tard, dans l'après-midi, elle entendit les autres qui nageaient à partir du radeau de l'oncle Rod. Elle aurait aimé se rafraîchir aussi dans le lac, mais elle craignait bien trop les sangsues pour s'y aventurer seule.

Le second après-midi fut trop chaud pour rester assise sur la plage. Patricia partit plutôt en exploration derrière le chalet. À mi-chemin de l'allée, il y avait, tapie dans les bois, une petite maison pour invités que la famille appelait La Maisonnette. Elle en ouvrit la porte pour y jeter un regard.

L'endroit ne pouvait contenir que deux lits étroits, une commode, une chaise branlante et un petit poêle. Dans un coin se trouvaient de vieux magazines empilés. Patricia enleva ses sandales, s'installa en chien de fusil sur l'un des lits et commença à les feuilleter.

Mais dans la pièce, l'air était humide et, malgré le temps chaud extérieur, Patricia commença à frissonner. Elle laissa tomber le magazine ennuyeux sur le plancher et s'enveloppa du confortable dessus de lit en chenille.

Il n'y avait rien à faire là, mais elle ne pouvait imaginer d'autre endroit où aller. Et, malgré l'humidité et la fraîcheur, c'était une retraite sûre. Elle remarqua quelques livres de poche près de l'autre lit et se leva pour y jeter un coup d'œil.

— Aïe! cria-t-elle tout à coup.

Elle s'était heurté l'orteil. En se penchant pour l'examiner, elle nota dans le parquet nu, une latte soulevée. Elle se rappela oncle Doug disant qu'il rapporterait, en fin de semaine, des carreaux pour remplacer ceux qu'il avait enlevés en août dernier. Le vieux plancher était devenu tout gris et dégageait une forte odeur de moisissure. Patricia remua la latte branlante et tomba presque à la renverse quand celle-ci vint très facilement.

Dessous, il y avait un espace étroit. Elle l'explora d'abord avec des doigts hésitants, puis avec un frisson d'excitation lorsque ceux-ci rencontrèrent quelque chose de doux.

Elle avança le bras et mit la main sur une pleine poignée de tissu jauni. C'était pourri et quelques morceaux en tombèrent lorsqu'elle la sortit. Une chose dure était au milieu. Elle fouilla dans la boule de tissu et en sortit un objet rond en métal au bout d'une chaîne.

C'était un disque rond, épais, en or, et coiffé d'un anneau — une montre de gousset. Patricia l'emporta sur le lit et se mit à l'examiner. Le boîtier égratigné contenait un cadran entouré de chiffres romains. Elle pressa la couronne du remontoir à l'intérieur de l'anneau et le couvercle s'ouvrit silencieusement sur une surface blanche et brillante où il y avait d'autres chiffres et de longues, de délicates aiguilles bleu noir.

Puis, elle le referma doucement et retourna la montre. L'envers présentait un rebord légèrement en saillie. Patricia y introduisit l'ongle, souleva le couvercle et une autre surface dorée apparut, plus brillante que celle de l'extérieur. Il y avait une inscription que Patricia eut du mal à déchiffrer. Puis, tout à coup, la montre faillit lui échapper des mains.

À ma chère Patricia
avec tout mon amour,
Wilfrid

Elle referma le couvercle et s'appuya au mur, le cœur battant. Pourquoi son nom était-il inscrit sur cette montre? À nouveau, elle l'ouvrit et se détendit. Sous l'inscription, il y avait une date: Août 1929. Mais, bien sûr, il s'agissait de sa grand-mère, même si celle-ci s'était toujours fait appeler Pat.

Patricia avait déjà demandé à sa mère pourquoi on l'avait nommée d'après une grand-mère qu'elle n'avait pratiquement jamais vue.

— Elle a insisté pour qu'il en soit ainsi, lui avait répondu sa mère sèchement. Tu étais sa première petite-fille et elle voulait que le prénom soit transmis. Et puis, après tout, c'est aussi mon second prénom et cela m'apparaissait comme une chose normale à faire.

Patricia avait toujours su que sa mère et sa grand-mère ne s'entendaient pas très bien. Elle se demandait maintenant quel genre de personne était cette grand-mère. La montre lui appartenait. Wilfrid était sans doute le nom de son grand-père qui était décédé depuis trop longtemps pour que Patricia ne puisse se le rappeler.

Sa grand-mère ignorait certainement que la montre était ici. Et l'objet antique semblait avoir une grande valeur. Comment s'était-il trouvé sous le parquet? Elle devrait sans doute la montrer à tante Ginnie. Mais alors, il lui faudrait expliquer pourquoi elle n'était pas avec le groupe. Tout cela était bien embêtant.

Cependant, la montre lui redonnait du courage. Elle emplissait sa main d'un poids rassurant et Patricia la garda pendant quelques instants, réchauffa le métal froid, fit courir les maillons de la chaîne entre ses doigts.

Les aiguilles marquaient presque 14 heures. Le temps identique à sa propre montre. Cela lui fit d'abord croire qu'elle était en état de marche. Puis, elle la colla à son oreille, mais n'entendit rien. Elle donna alors trois tours à la couronne du remontoir et porta de nouveau la montre à son oreille.

Celle-ci reprenait vie. Son tic tac clair et métallique emplissait la pièce. Patricia rouvrit le boîtier et le mouvement se fit plus doux, plus régulier, presque imperceptible. Cela lui plut énormément.

Puis, aussi brusquement qu'elle avait été enchantée, elle redevint triste. Que faisait-elle donc couchée en chien de fusil dans cette maisonnette sombre, une vieille montre à la main. Il y était écrit: À ma chère Patricia... mais il ne s'agissait pas d'elle.

Des larmes lui vinrent aux yeux, pourtant elle secoua la tête pour les refouler. Elle était fatiguée de pleurer ainsi sur son sort. Tante Ginnie avait raison; elle devait s'intéresser à autre chose.

Elle se leva et suspendit la montre à son cou en la dissimulant sous son T-shirt. L'objet réchauffé par ses mains devenait un secret, un poids rassurant. Alors, elle sortit précipitamment dans la lumière du soleil.

Debout, devant la porte, elle cligna des yeux, désorientée, comme après un somme. Elle devait s'occuper à quelque chose. Pourquoi pas se mettre à la recherche de l'ancien court de badminton dont tante Ginnie avait parlé.

Patricia prit à travers les broussailles rugueuses et avança lentement parmi les amas de feuilles mortes. Elle avait chaud, elle était couverte de poussière, mais elle se sentait un peu mieux sous l'effort. Petit à petit, elle progressa dans le bois situé derrière le chalet et finit par déboucher dans une clairière.

Ce devait être le court, mais il n'était pas du tout en friche. L'herbe y était tondue de près et un filet bien tendu, installé. Patricia fixait le tout, ébahie.

C'était probablement l'œuvre de ses cousins. Ils devaient l'avoir aménagé en secret, alors qu'ils prétendaient construire un fort. Elle jeta un regard prudent tout autour, au cas où ils se trouveraient là.

Des voix fortes et claires s'approchaient de la clairière. Patricia se cacha derrière les buissons et attendit. Elle les espionnerait comme ils avaient espionné le voilier des Cresswell. C'était bon d'avoir enfin quelque chose à faire.

Mais ceux-là n'étaient pas ses cousins. C'étaient trois étrangers: deux adolescents blonds et une grande jeune fille aux cheveux foncés.

Patricia les reconnut tout de suite. La veille au soir, elle avait vu ces trois visages. «Je dois dormir , se dit-elle, étourdie par le choc. Je dois rêver.»

Car ces visages étaient ceux de la photographie ancienne. Ceux des oncles Gordon et Rod. Celui de sa mère, de Ruth.

6

Ils se disputaient fort. Patricia les observait, écoutait, stupéfaite.

— Vous avez promis que je jouerais aussi! leur cria Ruth. Ce n'est pas juste! Je ne veux pas seulement compter les points.

— Tais-toi, bébé, dit Gordon, le plus grand des deux garçons.

Il enleva son chandail blanc et dévissa la presse de sa raquette de badminton.

— Quand, et seulement après que tu auras compté les points, Rodney et moi, nous te laisserons peut-être jouer.

Sa sœur se laissa choir sur un des côtés du court, l'air maussade.

— Deux, zéro, murmura-t-elle pendant que Rodney ratait pour la deuxième fois le service de son frère.

Patricia n'arrivait pas à détacher son regard de Ruth. Elle ressemblait un peu à Kelly, mais était d'une beauté beaucoup plus saisissante. D'épais cils noirs soulignaient ses grands yeux. Ses cheveux brillants étaient retenus par un bandeau blanc. Elle portait un *jean* large roulé sur les mollets et une chemise rouge qui accentuait son teint colérique.

Après que Rodney eut perdu la première partie, Ruth fut autorisée à le remplacer. Elle tapait fort sur le volant et retournait adroitement les services de Gordon.

— Vous voyez, se rengorgea-t-elle lorsqu'elle eut gagné la première manche. Je suis aussi bonne que vous deux.

— La chance sourit aux débutants, dit Gordon, placide.

Ping... pang, chantait le volant de badminton en sifflant d'un côté à l'autre du filet. Dans sa cachette, le rythme régulier rendait Patricia somnolente. Les rêves ressemblent à cela, ils sont souvent remplis d'actions répétitives. La partie que Rodney décrivait était serrée, mais en fin de compte, ce fut Ruth qui l'emporta. Enfin, tous trois s'étendirent sur le gazon et partagèrent le contenu d'une bouteille Thermos qui semblait être de la limonade.

Patricia essuya la sueur qui perlait à son front et regarda la bouteille avec envie. Dans ses rêves, elle n'avait jamais l'habitude d'avoir aussi soif. Ni d'être aussi présente. Tout ceci n'avait rien d'un rêve. Et pourtant, cela devait bien en être un — ou alors comment expliquer qu'elle se retrouvait ainsi projetée dans le passé de sa mère? En tout

68

cas, elle se sentait suffisamment là pour vouloir rester cachée dans les broussailles.

Rodney et Ruth commencèrent une nouvelle partie. Et ce fut cette dernière qui l'emporta encore, ce dont Patricia se réjouit intérieurement. Elle avait raison: elle était aussi bonne que ses deux frères.

Gordon se leva et toisa sa sœur:

— Ruth, tu as eu ton tour avec chacun d'entre nous. File maintenant, pour que Rodney et moi puissions jouer sérieusement.

— Nous t'avons laissée gagner pour te faire plaisir, ajouta Rodney.

— Vous, alors! fulmina Ruth en soulevant sa raquette comme pour les en frapper.

Gordon lui fit faire demi-tour et la poussa en avant.

— Ne fais pas d'histoire, bébé, laisse-nous. Après tout, c'est Rodney et moi qui avons arrangé le court.

Ruth ouvrit la bouche, mais décida, en fin de compte, d'adopter une attitude digne. Ce qui ne l'empêcha pas de marmonner en s'éloignant:

— Papa a dit que c'était pour toute la famille. Je vais tout lui rapporter.

Puis, sa gracieuse silhouette disparut dans les bois.

Patricia entreprit de la suivre. Ruth était beaucoup plus intéressante que les garçons. Il y avait peu de chance que ceux-ci la voient se lever, mais elle ne voulait pas non plus risquer d'interrompre le rêve. Il se terminerait peut-être au beau milieu, comme cela arrivait si souvent. Elle attendit quelques instants, recula prudemment de quelques centimètres, et se fraya ensuite un chemin parmi les arbres jusqu'à ce qu'elle soit parvenue à La Maisonnette.

Au coin, elle se brossa et s'étonna encore une fois que son corps poussiéreux et chaud lui paraisse si réel. Puis, elle s'arrêta, stupéfaite.

Une immense automobile était garée là, dans l'entrée: une forme grise tout en rondeurs avec d'énormes pare-chocs et des glaces ovales. Les plaques d'immatriculation de l'Alberta dataient d'il y avait trente-cinq ans — juste l'année où sa mère aurait eu douze ans.

Les gens devaient pourtant bien rêver de choses qui leur étaient familières. Patricia ne savait rien des automobiles d'il y avait trente-cinq ans. Cela devenait trop précis, trop logique pour un rêve. Mais, elle repoussa cette pensée dérangeante. L'effort de tout comprendre lui donnait la migraine. Et elle ne souhaitait pas que cela se termine, rêve ou pas. De loin, c'était la chose la plus intéressante qui lui soit jamais arrivée.

Elle marcha vers l'avant du chalet d'où lui parvenaient des voix. L'une d'entre elles appartenait à Ruth. Se sentant brave pour une fois, Patricia inspira profondément et, courbée en deux, se glissa au coin de la véranda pour aller se cacher sous les marches de l'escalier et observer attentivement la scène qui se déroulait sous ses yeux.

— Mais maman, c'est censé être pour nous tous!

Ruth se tenait devant une silhouette étendue mollement sur un transatlantique. La chevelure brune de la femme bouffait autour d'un visage aux traits tirés. Les yeux étaient petits et la bouche, un long trait rouge vif inégal. Sa robe rose de vichy était remontée sur ses jambes au soleil. Elle tenait un livre ouvert intitulé *Les chênes de Jalna* dont elle leva les yeux comme à regret.

«Ce doit être ma grand-mère!», se dit Patricia en se rappelant l'inscription. Elle s'accrocha à la montre et écouta le battement régulier qui passait au travers du tissu mince de son T-shirt.

Pat Reid parlait d'une voix distante.

— Ruth, je suis si fatiguée de t'entendre te plaindre au sujet du court de badminton. Ils t'ont laissée jouer une partie, n'est-ce pas?

— Oui, mais...

La mère de Ruth l'interrompit et retourna à sa lecture.

— Ça suffit, coupa-t-elle en reportant les yeux sur son livre. Gordon et Rodney ne veulent certainement pas avoir à s'occuper constamment de leur jeune sœur. C'était déjà gentil à eux de te laisser jouer, n'est-ce pas?

— Mais papa a dit...

— Ça suffit, Ruth, s'il te plaît. Ton père est en visite chez les voisins et Ginnie fait sa sieste. J'espérais avoir une heure de tranquillité.

— Puisque tu ne veux pas m'écouter, je vais en parler à papa, murmura Ruth à voix si basse que seule Patricia l'entendit.

— Maamaan... Je veux me lever! cria une petite voix aiguë de l'intérieur.

— Bon, voilà Ginnie qui se réveille, soupira Pat Reid en retournant son livre.

Ruth commençait déjà à s'éclipser lorsque sa mère l'interpella:

— Attends, Ruth, puisque tu t'ennuies autant, tu pourrais lever Ginnie et l'amener à la grande plage.

— Ah, maman! protesta Ruth en donnant un coup de raquette dans un buisson. Ce n'est pas juste! C'est toujours à moi de la surveiller, jamais au tour de Gordon ou de Rodney!

Patricia fut stupéfaite de voir subitement la mère de Ruth perdre ses manières nonchalantes. Son visage sans beauté se colora, ses yeux s'assombrirent et elle se redressa en dirigeant son regard vers sa fille. Tout à coup, elle semblait devenue une tout autre personne.

— Écoute-moi bien, jeune fille! J'ignore ce que tu as cet été. Mais depuis que nous sommes arrivés ici, tu n'as pas cessé de te plaindre. Alors, ou tu vas chercher Ginnie immédiatement, ou tu passes le reste de l'après-midi dans ta chambre.

Les yeux de Ruth papillonnèrent, comme effrayés par le ton cassant de sa mère, mais ils soutinrent quand même son regard.

— Je préfère de beaucoup aller dans ma chambre, répondit-elle.

Et sans attendre la réponse, elle s'enfuit dans le chalet dont elle fit claquer la porte moustiquaire derrière elle.

Une enfant grassouillette, les cheveux attachés en queue de cheval et vêtue seulement d'une petite culotte blanche, repassa la porte et traversa la pelouse en trottinant.

— Maman, tu ne m'as pas entendue? Je veux me lever maintenant!

Patricia ne put s'empêcher de sourire. Tante Ginnie enfant était exactement tante Ginnie adulte. Le même visage rond, les mêmes gestes placides. Elle monta sur les genoux de sa mère avec difficulté.

— Pourquoi Ruth est-elle fâchée? Elle a fermé la porte très fort.

Pat Reid prit Ginnie dans ses bras.

— Quelle grosse dondon tu fais, ma chérie! Ruth a été méchante fille et elle doit rester dans sa chambre.

Sa colère envolée, la maman était redevenue la femme nonchalante que Patricia avait vue à son arrivée.

— Moi, je ne suis pas une méchante fille, dit Ginnie en commençant à sautiller sur le ventre de sa mère.

— Non, tu es mon petit ange, n'est-ce pas ma chérie? Mais descends, tu es trop lourde. Regarde, voilà ta balle.

Ginnie roula sur le côté en continuant à babiller. La façon indulgente et amusée avec laquelle Pat Reid lui répondait était si différente du ton cassant utilisé envers Ruth que Patricia en éprouva de la gêne.

Et elle était restée si longtemps penchée qu'elle avait des courbatures partout. Elle s'assit et s'étira les jambes en arquant le dos au montant de l'escalier. Tout à coup, une balle vint atterrir juste à ses pieds. Avant qu'elle n'ait eu le temps de réagir, Ginnie arrivait juste derrière.

Patricia retint son souffle lorsque la petite fille se pencha pour ramasser la balle. Mais Ginnie ne la vit pas. Elle regarda à travers Patricia comme si celle-ci était invisible et retourna en courant vers la pelouse.

Le rêve s'améliorait toujours. Il semblait maintenant qu'elle fût devenue fantôme! Elle se leva et força ses jambes tremblantes à la porter jusque devant sa grand-mère. Pat Reid continuait d'observer Ginnie.

Si toutes deux ne. la voyaient pas, elles ne l'entendaient probablement pas non plus.

— Allô, dit doucement Patricia. (Puis, plus fort.) Allô! Allô! tante Ginnie et grand-maman!

La mère de Ginnie frissonna et massa le dos de la fillette.

— As-tu suffisamment chaud, ma petite chérie?

Patricia sautilla pour se dégourdir les jambes. Elles ne la voyaient, ni ne l'entendaient. Il lui était souvent arrivé de souhaiter devenir invisible dans la vie de tous les jours, eh bien, maintenant, elle était servie!

Une position qui lui donnait du pouvoir. Personne ne pouvait la déranger. Ni attirer l'attention de quelqu'un sur sa présence maladroite. Elle n'avait pas non plus à craindre de gaffer ou à se creuser les méninges pour trouver la réponse adéquate. Un tel sentiment de sécurité l'envahit qu'elle espéra ne pas se réveiller d'ici longtemps.

Patricia passa le reste de l'après-midi à explorer le chalet. Ginnie et sa mère étaient parties à la plage, mais elle avait préféré rester auprès de Ruth. C'était tentant d'ouvrir la porte de la chambre et d'y jeter un coup d'œil; et elle était certaine que Ruth ne la verrait pas non plus. Par contre, une porte qui s'ouvrirait d'elle-même risquerait de l'effrayer.

Le chalet était presque le même que celui d'aujourd'hui, décoré de catalognes et de meubles en rotin, bien que les couleurs en aient été plus vives et la peinture plus fraîche. Il n'y avait ni cuisinière électrique, ni réfrigérateur ou salle de bains; Patricia se demanda comment la famille se débrouillait sans ces commodités.

Gordon et Rodney revinrent, et repartirent ensuite habillés de drôles de maillots de bain semblables à de larges shorts imprimés. Plus tard, ils rentrèrent tous au chalet en même temps.

Pat Reid traversa la salle de séjour d'un pas décidé et alla frapper à la porte de Ruth.

— C'est bon, Ruth, tu peux sortir.

Aucune réponse. Jusqu'à ce que le père de Ruth arrive. Alors, celle-ci ouvrit sa porte, se glissa derrière une table de jeu installée sur la véranda et s'occupa à un casse-tête.

La vue de M. Reid était insolite. Dans la vie réelle, il était mort. Patricia reconnut la moustache blanche et le nez busqué qu'elle avait vus sur la photographie. Tous étaient aux petits soins pour lui. Gordon et Rodney l'appelaient Monsieur, et son épouse lui apporta son apéritif et sa pipe lorsqu'il s'installa dans sa berceuse. Seule Ginnie semblait détendue en sa présence. Elle se lova sur ses genoux tandis que lui et son épouse prenaient un verre en conversant. Patricia s'assit sur la véranda et observa les garçons jouer aux échecs. Elle ne put résister à l'envie de déplacer un des pions de Rodney pendant qu'il ne regardait pas et s'étouffa de rire lorsqu'une discussion s'ensuivit. Elle avait envie d'aider Ruth à faire son casse-tête, mais ne voulait pas non plus l'embêter comme elle venait de le faire avec Rodney.

Au souper, les enfants attendirent sagement que leur père ait découpé un gros rôti. Personne ne joua du coude, ni ne rigola comme Kelly, Trevor et Maggie l'avaient déjà fait à cette même table. Patricia, perchée sur l'appui de la fenêtre avait de plus en plus faim à la vue du succulent morceau de bœuf. Le matin même, tante Ginnie avait souhaité qu'ils puissent s'en permettre un plus souvent.

Ruth regardait sans cesse son père, comme si elle brûlait d'amener le sujet de la conversation sur le jeu de badminton. En fin de compte, ce fut lui qui en parla.

— Et comment est le nouveau court? demanda-t-il après qu'il leur eut donné la permission de commencer.

Gordon avala sa bouchée avant de répondre.

— Parfait, Monsieur. Aussi bon que celui du club de la ville, bien que le vent puisse représenter une difficulté. Aimeriez-vous jouer demain?

— Oh! j'ai bien peur que mon temps de jouer au badminton soit passé.

Pour la première fois, Patricia prit conscience du fait qu'il était beaucoup plus âgé que sa femme.

— Père, dit Ruth en déposant ses ustensiles, n'as-tu pas dit que le court de badminton était pour nous tous?

— Voyons Ruth, l'avertit sa mère.

Mais Ruth l'ignora et poursuivit.

— Gordon et Rodney ne m'ont laissée jouer que deux fois, et ensuite ils m'ont obligée de partir. Pourtant, je suis aussi bonne qu'eux.

Rodney fixa sur elle un regard irrité, puis en appela à son père.

— Mais c'est nous qui avons débroussaillé le terrain en août dernier et tondu le gazon hier. Il est vraiment à nous. Elle peut jouer une fois de temps en temps, mais nous ne pourrons pas nous entraîner suffisamment si nous devons toujours lui céder. À l'automne, j'aimerais faire partie de l'équipe du club.

Gordon approuva de la tête.

Leur père s'essuya méticuleusement la moustache.

— J'ai bien peur que les garçons n'aient raison, Ruth. Ils ont fait tout le travail...

— ...parce qu'ils n'ont pas voulu que je les aide.

— N'interromps pas, jeune fille. Gordon et Rodney joueront une partie par jour avec toi. Mais le reste du temps, le court leur appartiendra. Ce sont des garçons en pleine croissance et ils ont besoin de cet exercice. Quant à toi, il te faut consacrer plus de temps à aider ta mère. J'ai appris que tu avais refusé de t'occuper de ta petite sœur aujourd'hui. Je ne veux plus entendre parler de choses pareilles, tu m'entends?

— Oui, père, dit Ruth sèchement.

Elle paraissait vouloir pousser le sujet plus à fond, mais semblait hésiter à le faire.

— Moi aussi, je veux jouer au ba'minton, dit Ginnie d'une voix flûtée. Je peux?

Tous s'esclaffèrent, sauf Ruth.

— Bien sûr que tu le peux, mon petit bébé, dit Gordon. Demain, je t'apprendrai.

Après le souper, on demanda à Gordon et à Rodney d'aller couper du petit bois. Quant à Ruth, elle dut aider sa mère à faire chauffer de l'eau sur le poêle et à laver la vaisselle. L'atmosphère entre elles était si tendue que Patricia fut soulagée lorsque Pat Reid envoya Ruth et Rodney au magasin.

— Je peux y aller seule, dit Ruth.

— Tu ne peux pas remplir les cruches d'eau toute seule. Ne t'entête pas. Et ne traîne pas. Ton père veut son journal.

Quelques minutes plus tard, Patricia suivait Ruth et Rodney qui tiraient une voiturette remplie de grosses cruches brunes sur la route derrière le chalet. À ce moment, ce n'était qu'un simple chemin de terre non encore goudronné.

Les bouteilles s'entrechoquaient et les roues de la voiturette soulevaient la poussière. Ruth se mit à parler:

— J'ai décidé de ne pas jouer au badminton de tout l'été. Ça deviendrait vite ennuyeux de gagner tout le temps.

«Bien joué», se dit Patricia.

Rodney eut un haussement d'épaules.

— D'accord. Mais ce n'est pas très chic de ta part.

Jusque-là, au cours de ce rêve, Patricia n'avait pas tellement porté attention à Rodney. Mais à présent, elle l'observait avec plus d'intérêt. Lui et Gordon se ressemblaient et se comportaient presque de la même façon; tous deux étaient blonds et arrogants. Pourtant, là où Gordon était sûr de lui, Rodney restait sur la défensive, comme pour tester sa supériorité, la mettre constamment à l'épreuve.

Arrivés au magasin, ils s'arrêtèrent devant une pompe à eau en métal vert. Ruth installa le large goulot d'une des cruches brunes sous le bec du robinet et Rodney se mit à actionner le bras. Les parties de métal grincèrent, cliquetèrent, mais l'eau ne vint pas. Puis, soudain, elle jaillit.

— Laisse-moi faire, insista Ruth.

— Tu n'es pas assez forte.

— Si, je le suis.

Ruth repoussa son frère et agrippa le bras de la pompe. Lorsque la cruche fut remplie, Rodney la porta dans la voiturette et en retira une autre.

Quand ils les eurent toutes remplies et cessé de pomper, l'eau continua de couler. L'un après l'autre, Ruth et Rodney vinrent placer leur visage sous le robinet. Patricia les imita, mais en ouvrant la bouche. L'eau glacée lui coula sur le visage et les cheveux.

Cela la mit dans un état d'éveil qui lui parut beaucoup trop réel pour un rêve. L'eau était délicieuse, piquante et avait un goût métallique. Elle but goulûment jusqu'à ce que le jet ne soit plus qu'un mince filet d'eau et que ses pieds glissent sur la plate-forme en bois. Alors, elle courut pour rattraper les autres.

Le magasin était bondé d'enfants, d'adolescents, tous assis là, à lire des bandes dessinées et à mâcher de la gomme sur une banquette en bois installée le long des fenêtres. Rodney alla crâner devant un groupe de filles, tandis que Ruth achetait le journal, du pain et du lait. Puis, il revint tout doucement vers elle.

— Écoute, Ruth. Les Thorpe organisent un feu de camp pour faire griller des guimauves. Peux-tu ramener la voiturette toute seule? Tu as déjà dit que tu pouvais te débrouiller sans aide, lui rappela-t-il. Quand tu arriveras à la maison, dis à papa et à maman que je ne rentrerai pas tard, et puis, demande à Gordon de venir me rejoindre.

— Je ne vois pas pourquoi je ferais ça, répliqua Ruth. (Elle jeta un regard suspicieux vers les filles qui rigolaient.) Tu n'as que quinze ans, tu sais. Je ne pense pas que maman soit d'accord pour que tu ailles à une partie mixte.

— Ce n'est qu'un feu de camp où nous ferons griller des guimauves, dit Rodney en rougissant. Fais comme je te dis. Regarde, je vais te donner 25 cents si tu acceptes.

Ruth empocha l'argent.

— Bon, d'accord! mais ne viens pas te plaindre si jamais tu t'attires des ennuis.

Elle éprouva de la difficulté à ramener la lourde voiturette au chalet. Les cruches pleines s'entrechoquaient et laissaient échapper l'eau sur la route cahoteuse. Patricia fit l'effort de pousser et sourit lorsque Ruth marqua de la surprise à voir sa tâche allégée.

Gordon l'aida à transporter l'eau jusqu'à la cuisine.

— Rodney est allé à un feu de camp organisé par les Thorpe, lui rapporta Ruth.

— Les Thorpe? dit vivement Gordon.

Patricia le suivit dans la salle de séjour. Il tendit le journal à son père en lui demandant la permission de s'y rendre aussi.

— Est-ce que leurs parents seront là? demanda sa mère. Je sais de quoi il retourne dans ces parties quand on a votre âge. N'est-ce pas Andrew? Rodney aurait dû revenir pour demander la permission.

— S'il te plaît, m'an, supplia Gordon.

M. Reid déposa sa pipe. Il souriait dans sa moustache.

— Ce sont les filles Thorpe qui t'intéressent, pas vrai, Gordon? Je les ai aperçues aujourd'hui... elle promettent, ces jeunes filles. Bon, c'est d'accord, mon garçon, mais soyez là à 23 heures.

— Andrew, je ne crois toujours pas..., protesta son épouse alors que Gordon s'éclipsait.

— Allons, allons, Pat, il faut bien qu'ils grandissent un jour.

Elle soupira, ramena la lampe à huile près d'elle, et reprit un album dans lequel elle s'occupait déjà à coller des coupures de journaux.

Ruth se tenait sur le seuil de la porte.

— Est-ce que je peux prendre le canot? demanda-t-elle.

Sa mère fronça les sourcils.

— À cette heure tardive?

— Il ne fait pas encore nuit.

— Bon, d'accord.

— Mais remonte-le bien sur la plage lorsque tu rentreras, ajouta son père.

Tous deux semblaient impatients de s'installer pour une soirée tranquille et ils ne levèrent pas les yeux lorsque Ruth sortit du chalet, suivie de Patricia.

Celle-ci, en emboîtant le pas à Ruth vers la plage, se demandait bien pourquoi sa grand-mère avait appelé son mari, Andrew. Son nom n'était-il pas Wilfrid? Le nom identique à celui de la montre.

Mais tout cela n'était qu'un rêve se rappela-t-elle. Ce n'était pas nécessaire qu'il y ait un sens. Par ailleurs, elle se disait, que dans les rêves, tout était logique. Que c'était dans la réalité que l'on prenait conscience qu'une chose ne l'était pas.

Rendue à la plage, elle n'eut plus le loisir d'y songer. Elle dut se concentrer sur la meilleure façon d'embarquer dans le canot. Elle avait peine à croire qu'il s'agissait du même canot qui l'avait fait tomber à l'eau quelques jours auparavant. Sa peinture verte était plus brillante, mais les mêmes lettres abîmées du mot HUART étaient peintes à la proue.

En s'y installant au fond, sa main heurta le genou de Ruth. Elle figea sur place. Pourtant celle-ci ne fit que se gratter la jambe comme si une mouche venait de s'y poser.

Patricia faisait face à Ruth. La grande fille bronzée manœuvrait à la barre du canot aussi bien que Kelly. Elle l'observa attentivement et imita le mouvement de ses bras.

La pagaie de Ruth plongeait dans une eau devenue rose sous l'effet de la lumière du couchant. C'est alors qu'un cri étrange traversa le lac. «La triste tyrolienne de quelque oiseau», se dit Patricia.

La pagayeuse avait les larmes aux yeux. Celles-ci perlaient au bord de ses cils épais, puis coulaient le long des joues. Par sympathie, ceux de Patricia s'emplirent de larmes aussi. Si seulement tout cela n'était pas un rêve, qu'elle n'était pas invisible et pouvait parler à la jeune fille solitaire. Mais elle devait se contenter de constater sa tristesse.

L'appel de l'oiseau retentit de nouveau. Ruth, avec un soupir, s'essuya les yeux du revers de la main.

— Ils vont bien voir, murmura-t-elle. Un jour, ils verront tous.

C'est alors qu'elle orienta le canot vers la rive, mais que Patricia, elle, n'y parvint jamais. À un moment, elle était dans le canot, à l'autre, elle était assise sur le lit dans La Maisonnette.

7

Patricia effleura rapidement le motif floconneux du dessus de lit en chenille. Elle avait peine à croire qu'elle revenait aussi vite... que le rêve si réaliste se terminait déjà. Elle se frotta le front pour essayer de se réveiller tout à fait.

Ses cheveux étaient humides.

Elle y passa les doigts et se mit à trembler. S'ils étaient mouillés, c'était qu'il y avait une heure à peine, elle s'était mis la tête sous une eau glacée étonnamment réelle pour un rêve.

Mais, était-ce vraiment arrivé? À ce moment-là, elle était aussi pleinement éveillée que maintenant. Ce dont, au fond d'elle-même, elle n'avait jamais douté. Le fait de prétendre que ce n'était qu'un rêve n'avait servi qu'à atténuer le choc de ce qui se produisait: par un étrange processus, elle avait été ramenée trente-cinq ans en arrière, dans l'enfance de sa mère et, d'une façon tout aussi mystérieuse, était maintenant revenue au présent.

«Réfléchis-bien, se dit-elle tout étourdie. Il doit y avoir une explication logique.» Une des expressions favorites de sa mère.

Combien de temps avait-elle été absente? Il était environ 14 heures lorsqu'elle avait quitté La Maisonnette. Elle regarda l'heure à sa montre-bracelet et la secoua. Les deux aiguilles indiquaient toujours 14 heures; la pile devait être morte.

Alors, elle prit l'autre montre, en or, cachée sous son T-shirt et, qui indiquait 21 h 35.

La grande aiguille de la sienne marchait toujours. Donc, elle ne s'était jamais arrêtée. Par contre, la montre de gousset, elle, ne marchait vraiment pas. Elle la pressa contre son oreille et n'entendit rien.

Patricia s'étendit sur le lit, laissa glisser les maillons de la chaîne d'or entre ses doigts. Puis, tout à coup, elle se releva, elle venait de comprendre.

C'était la montre elle-même. Patricia l'avait remontée et cette dernière l'avait ramenée à sa propre époque. La montre avait continué à marquer les secondes, les minutes, les heures du temps où elle avait été remontée la dernière fois. Puis, elle s'était arrêtée, mettant fin à l'autre époque aussi, et le temps de Patricia, le présent, avait pris la relève là où elle l'avait laissé, c'est à dire à 14 heures.

Oui, cette explication était logique, sauf la raison pour laquelle cela s'était produit. Mais Patricia était beaucoup trop excitée pour s'en préoccuper vraiment. Elle savait que c'était arrivé, ses cheveux mouillés en étaient bien la preuve, et cela pouvait se produire encore. Elle était sûre que si elle désirait retourner au temps de Ruth, elle n'avait qu'à remonter la montre.

Elle ne pouvait le faire maintenant, mais elle savait qu'elle le ferait plus tard. En ce moment, elle avait besoin de temps pour se remettre. Et du temps, elle en avait. Elle était restée plus de sept heures dans le passé, mais, au présent, elle disposait encore de tout l'après-midi pour s'étendre et réfléchir.

Elle se recroquevilla en chien de fusil et passa son aventure en revue, dans les moindres détails. Il y avait ses grands-parents: Pat et Andrew. (Pourquoi pas Wilfrid?) Ses oncles: Gordon et Rodney. Sa tante Ginnie. Et tout spécialement, Ruth. La colère de Ruth, son isolement, sa tristesse. Puis, la vieille automobile, le poêle à bois, la pompe, le canot et le cri étrange de l'oiseau... Patricia ferma les yeux.

Ding! ding! ding! le carillon clair d'une clochette la réveilla en sursaut. Fatiguée, confuse, Patricia consulta sa propre montre: 17 heures. Elle était bien dans le présent, elle devait rencontrer Kelly, Trevor, et prétendre avoir passé tout l'après-midi avec eux.

Mais d'abord, elle devait cacher la montre de gousset. Elle l'enleva de son cou et en caressa la surface unie pendant un moment. Elle ne voulait pas la replacer dans la cavité du plancher au cas où oncle Doug poserait les nouveaux carreaux. Elle jeta un regard autour de la pièce, puis la cacha prestement sous le matelas du lit où elle s'était étendue. Elle fit aussi une boule du coton jaune et l'y fourra à son tour. Puis, elle sortit en courant de La Maisonnette.

Patricia bâilla tout au long du souper. Tante Ginnie lui demanda si elle allait bien et s'informa de ce qu'elle avait fait de son après-midi.

Au sourire que lui fit sa nièce, elle parut surprise et très heureuse. C'était si difficile de croire que tante Ginnie avait grandi et qu'elle ressemblait toujours à la petite Ginnie de quatre ans.

— Nous avons ... heu... construit un fort, répondit Patricia en notant la mine soulagée de Kelly.

Tante Ginnie l'envoya se coucher tôt. Délicieusement seule, Patricia s'étira dans les draps confortables. Cette chambre avait déjà été celle de Ruth, et ce lit, peut-être même son propre lit. Une pensée qui la réconforta.

○

Le lendemain matin, Patricia s'arrangea pour accompagner de nouveau tante Ginnie à la grande plage. Pendant qu'elles attendaient les autres, elle s'éclaircit la gorge et se risqua à demander:

— Tante Ginnie... à propos du mari de grand-maman...

— Patricia, tu peux l'appeler Nan! s'esclaffa sa tante. Je sais bien que tu ne l'a pas vue depuis des années, mais elle aimerait que tu l'appelles comme les autres.

— Et à propos du mari de Nan, quel était son prénom?

— Andrew.

— Et son autre prénom? «Ce ne peut être que Wilfrid», se dit-elle.

— Il en avait deux: Thomas et Hughes. Andrew Thomas Hughes Reid. Père était plutôt suffisant. Trois prénoms lui convenaient tout à fait. Mais pourquoi me le demandes-tu?

Patricia marmotta une réponse:

— Oh... comme ça. Je me le demandais, tout simplement. Il est mort avant ma naissance, n'est-ce pas? Comment était-il?

Elle écouta distraitement la réponse de sa tante puisqu'elle savait déjà à quoi il ressemblait. Par contre, elle ignorait toujours qui était Wilfrid.

— Père pouvait être très impressionnant. Quand j'étais petite, j'étais son chouchou,

91

mais plus tard, il m'a fait un peu peur. Il était de ces gens qui deviennent plus stricts en vieillissant. Et tu sais, il était pas mal plus âgé que maman. Parfois, je me demande si elle ne l'avait pas épousé parce que...

— Parce que quoi? reprit Patricia devenue soudain très attentive.

Elle trouvait fort commode la façon dont tante Ginnie acceptait de potiner sur les Reid. Comme ça, elle pourrait en apprendre beaucoup.

— ...parce qu'elle essayait de se remettre de la perte de son premier fiancé. Maman était fiancée au jeune frère de papa, mais il est mort de poliomyélite. Une maladie fréquente à l'époque. Elle l'aimait beaucoup, elle m'en parlait. Et elle m'en parle encore de temps en temps. Je pense qu'elle ne s'en est jamais remise.

— Quel était... quel était son prénom? demanda Patricia, qui devinait déjà la réponse.

— Wilfrid. C'est un prénom que l'on n'entend plus. Maggie, non! non! Tu es beaucoup trop loin!

Tante Ginnie se leva précipitamment et courut vers le lac.

Patricia, rêveuse, resta assise sur sa serviette. C'était donc ce qui expliquait l'inscription de la montre signée Wilfrid. Mais comment la montre avait-elle abouti sous le plancher? Si elle continuait à explorer le passé, elle trouverait peut-être la réponse. Tout ceci ressemblait de plus en plus à la lecture d'un livre extrêmement captivant; elle voulait tout savoir sur les Reid.

Rose-Marie roucoulait à côté d'elle et Patricia la prit comme tante Ginnie le lui avait appris: une main placée derrière la nuque. C'était une douce petite boule chaude. Ses cheveux sentaient la vanille. Elle fit un bruit de pet avec la bouche, son dernier truc pour attirer l'attention, et Patricia lui en fit un aussi. Puis, elle plaça le gros bébé contre son épaule et le serra très fort, comme s'il allait protéger son secret. Cet après-midi-là, grâce à la montre, elle remonterait dans le temps.

Mais après le dîner, tante Ginnie eut un autre genre d'activité à proposer.

— Patricia, ma chérie, serais-tu prête pour une leçon de canotage? Le lac est si calme aujourd'hui, ce serait un temps idéal pour apprendre avec Kelly.

Patricia et Kelly en furent toutes déconfites, mais tante Ginnie calma leurs objections.

— C'est une chose que tu devrais savoir, Patricia. Tu ne veux donc pas apprendre?

Si, elle le voulait bien, mais pas cet après-midi-là.

Néanmoins, Patricia n'y pouvait rien. Les deux cousines furent donc obligées de prendre les pagaies, les gilets de sauvetage et de les porter jusqu'à la plage.

— Surtout, n'essayez pas de construire le fort sans moi! cria Kelly à Trevor qui les dépassait dans le sentier.

— Nous le pouvons si nous le voulons, lui cria-t-il en retour.

— J'espère que tu apprends vite, murmura Kelly en tirant le canot sur les galets. Comme ça, nous ne perdrons qu'un après-midi là-dessus. Sans moi, ils vont ruiner ce fort.

Lorsque Patricia se fut résignée à recevoir une leçon de canotage, elle commença à y prendre goût. Kelly ignorait que, la veille seulement, Patricia avait bien observé quelqu'un qui le pratiquait.

— Ne t'assois pas — agenouille-toi les jambes écartées et appuie-toi contre le barrot, lui commanda Kelly. C'est bon!

Elle semblait étonnée de voir sa cousine prendre tout de suite la bonne position à l'avant du canot. Patricia tenait sa pagaie en couvrant l'extrémité supérieure de la main droite et le centre de la main gauche. Lorsque Kelly poussa le canot, elle fit glisser sa pagaie dans l'eau, puis la releva. Le canot avança.

— Hé, je croyais que tu ne savais pas canoter! Tu ne le savais certainement pas quand tu as fait verser ce canot. Quelqu'un t'a appris? demanda Kelly, suspicieuse.

Patricia rougit en lui répondant qu'elle l'avait observée à partir de la berge. Puis, elle fit de nouveau glisser sa pagaie dans l'eau comme elle l'avait vu faire à Ruth. Cela n'éclaboussa qu'à peine.

— C'est bon, grommela Kelly. T'apprends vite. Mais n'enfonce pas la pagaie tant que ça et essaie de prendre le rythme. Un, deux, un, deux...

Toutes deux pagayaient et le canot glissait si doucement qu'il ne laissait qu'un léger glouglou dans son sillage. Kelly montra ensuite à Patricia comment placer sa pagaie pour effectuer le «coup en J».

— C'est comme ça que je me dirige, dit Kelly. Que l'on pagaie d'un côté ou de l'autre, ça n'a pas d'importance. Voilà, j'arrête et nous changeons de place.

Elles échangèrent leur place avec précaution. Patricia faisait désormais face au dos de Kelly. Il lui était difficile d'empêcher le canot de virevolter, mais bientôt elle arriva à le stabiliser dans sa trajectoire et il fila droit devant.

— Tu y arrives vraiment bien!

Le visage de Kelly exprimait une réelle admiration. Puis, elle eut l'air embarrassée, comme si elle regrettait sa manifestation d'amitié.

— La prochaine fois, PiPot, je te laisserai t'y essayer seule. Échangeons encore nos places. Je vais nous ramener à la grande plage et ensuite au chalet.

Tout au long du trajet, Patricia accorda ses coups de pagaie à ceux de Kelly.

Chaque fois qu'elle la soulevait, un tourbillon se formait dans l'eau. Son bras se fatiguait, mais elle ne s'arrêtait pas. «Je peux pagayer! se disait-elle, comme Kelly... comme Ruth.»

— Pourquoi est-ce écrit HUART sur le canot? demanda-t-elle.

— Parce que des huarts viennent ici. Nos grands-parents ont dû le baptiser ainsi à cause de ça. Il est vraiment vieux. Celui de Bruce et Christie est plus léger, mais celui-ci est plus stable.

— Ça ressemble à quoi un huart?

— Tu ne sais pas? fit Kelly. (Une trace de mépris pointait à nouveau dans sa voix.) Les huarts sont magnifiques; ce sont de grands oiseaux avec une tête noire et un collier moucheté. Ils avaient l'habitude de nicher ici, mais c'est trop bruyant maintenant et ils ne viennent que pour se nourrir. On les entend surtout la nuit. Leur cri ressemble à un rire triste. Un son étrange, mélancolique.

«Mais aussi très beau», se rappelait Patricia. Elle aurait aimé se trouver encore dans le canot en compagnie de Ruth. Elle se demandait à quoi celle-ci s'occupait en ce moment. Le fait d'être dans le HUART avec Kelly, si semblable à Ruth, sans l'être pourtant, lui faisait regretter la présence de la fille d'autrefois.

Ce soir-là, comme d'habitude, tante Ginnie envoya les jeunes chercher le journal au magasin. En route, ils s'arrêtèrent pour prendre Christie et Bruce. Patricia se fit toute petite lorsque l'oncle Rod sortit dans la cour pour leur lancer un bonsoir retentissant.

— Bien, bien, bien, voilà donc notre jeune Ontarienne! Comment se fait-il que tu sois encore si pâlotte alors que les autres sont déjà noirs comme des mûres?

— Je n'en sais rien, murmura Patricia.

Elle l'examinait avec crainte. De sa chevelure de jeune homme, il ne lui restait plus qu'une couronne de cheveux gris au-dessus des oreilles. Il avait toujours son air suffisant et la regardait en ce moment comme il avait déjà regardé Ruth.

— Prête à me montrer tes dents maintenant? dit-il, penché au-dessus d'elle.

— Papa, nous devons partir maintenant, dit Christie impatiente.

Patricia décampa dans l'allée à la suite de ses cousins.

Lorsqu'ils furent en vue du magasin, elle chercha vite la pompe du regard. Elle était toujours là, mais rouillée et à moitié enfouie dans les herbes.

— Est-ce que cette vieille pompe fonctionne toujours? demanda-t-elle à Bruce.

— Non, répondit Kelly à sa place. Il y a des années qu'on a condamné le puits parce que l'eau était contaminée.

Patricia continua de marcher, l'air pensive, triste au souvenir de l'eau si piquante. Puis, elle se réjouit à l'idée qu'elle pourrait revenir ici et la goûter de nouveau.

Les ÉTRANGES étaient assis à l'angle du magasin. Ils lisaient des bandes dessinées et mâchaient de la gomme comme les enfants d'il y a trente-cinq ans. Deux d'entre eux ressemblaient même aux filles Thorpe. Pendant un moment, Patricia oublia à quelle époque elle se trouvait.

Sans dire un mot, Kelly dépassa le groupe.

— Hé, Kelly! appela un des garçons Cresswell en déposant sa bande dessinée.

Sa sœur les regardait d'un air hautain.

— Que veux-tu? dit Kelly d'un ton froid.

— Seulement te dire de rester loin du voilier, sinon j'en parle à mes parents.

— T'en fais pas, lui rétorqua Kelly. Je ne toucherais jamais à ton stupide bateau. Je voulais seulement savoir à quel point il était peu résistant et maintenant je le sais.

Ses mots tombèrent à plat. La série d'yeux l'observa avec pitié, puis replongea dans sa lecture.

— Il nous faut trouver un moyen de prendre notre revanche, dit Kelly sur le chemin du retour. Ils ont un point d'avance sur nous.

Patricia eut un soupir coupable; Kelly se rappelait sans doute la façon dont elle l'avait laissé tomber chez les Cresswell.

Maggie les rattrapa en courant.

— Regardez ce que j'ai trouvé!

Autour de son cou, il y avait une couleuvre rayée. Sa langue entrait et sortait rapidement alors que Trevor la tenait.

— Regarde, PiPot! dit-il en la faisant onduler devant son visage. Aimes-tu les couleuvres d'eau?

— Je t'en prie, non! non! dit Patricia en retenant son souffle.

Elle ralentit le pas et laissa ses cousins la devancer. Leurs rires ramenèrent chez elle un sentiment familier d'isolement.

Mais alors, elle se rappela son secret. «Demain, se dit-elle. Demain j'y retournerai.»

8

Si elle avait bien calculé le temps tenu par la montre, celui-ci la ramènerait exactement au moment où elle avait quitté le passé c'est-à-dire, à 21 h 35. Ses doigts tremblèrent lorsqu'elle s'assit au bord du lit de La Maisonnette pour donner un tour à la couronne du remontoir. Puis, elle décida de lui donner quelques tours de plus, afin de rester plus longtemps dans le passé.

Elle ferma les yeux, s'attendant à être ramenée au canot, mais lorsqu'elle les rouvrit, ce fut sur le même décor. La montre avait repris son tic tac animé, Patricia se trouvait toujours dans La Maisonnette, et non sur le lac en compagnie de Ruth.

Cela n'avait pas fonctionné. Au bord des larmes, Patricia se leva d'un bond et se mit à arpenter nerveusement le plancher de la chambre. Mais l'espace était trop étroit pour contenir sa frustration; elle ouvrit la porte et sortit d'un pas mal assuré.

C'est la pénombre qui l'accueillit, celle d'un soir calme ponctué de quelques étoiles au firmament. Dans cette lumière éteinte, la vieille automobile apparaissait, mystérieuse.

Cela avait fonctionné. Patricia dissimula la montre sous son chemisier, fébrile sous le coup de l'excitation et du soulagement. Elle était revenue dans le temps passé et pouvait y rester jusqu'à ce que la montre s'arrête de nouveau. Elle courut à l'avant du chalet pour essayer d'y retrouver Ruth.

Le HUART glissait vers la rive. Avec un léger grattement, il accosta sur la plage au moment où Pat Reid ouvrait la porte du chalet.

— Ruth! Dépêche-toi de rentrer.

— J'arrive, répondit en contrebas une voix morose.

Lorsque Ruth apparut, elle avait encore les yeux brillants de larmes. Patricia avait l'impression d'avoir arrêté un film, puis de l'avoir remis en marche deux jours plus tard.

Elles pénétrèrent ensemble dans le chalet où Ruth fut envoyée au lit. À ce moment, Patricia prit conscience de toute cette nuit qui s'étendait devant elle. Il n'était pas en son pouvoir d'accélérer le mouvement de la montre. Celle-ci marquait chaque longue minute et elle devrait les subir une à une jusqu'au matin.

Pendant quelque temps, elle s'occupa à surveiller les agissements des parents de

Ruth. Par-dessus l'épaule de Pat Reid, elle vit que l'album sur lequel elle travaillait concernait la famille royale britannique: «Son Altesse Royale la princesse Elizabeth joue avec Son Altesse le prince Charles», disait la vignette au bas d'une photographie découpée dans un journal. On y voyait une jolie jeune femme tenant un bébé à l'air sérieux et aux larges oreilles.

Peu de temps après que les adultes se furent couchés, Gordon et Rodney arrivèrent. Gordon riait, mais Rodney boudait et semblait irrité de la bonne humeur de son frère.

— Au lit, vous deux, leur dit, de sa chambre, leur père.

Ils montèrent lourdement les marches qui menaient de la cuisine au grenier.

Patricia continua de chercher des façons de passer le temps. Elle fit d'abord le tour du chalet, jeta un coup d'œil sur Ginnie qui s'accrochait à une poupée, puis à Ruth, couchée en travers de son lit. Elle fit aussi une partie du casse-tête de celle-ci. Ensuite, elle s'assit sur la véranda et resta là, à regarder le clair de lune plongeant sur le lac, tandis que le chalet, rempli des Reid endormis, respirait calmement. Si seulement elle avait pu crier et les réveiller tous!

De guerre lasse, Patricia décida de dormir elle aussi. Elle ne se sentait pas du tout fatiguée, mais le serait sans doute plus tard, surtout lorsqu'elle reviendrait dans le temps présent. Elle s'étendit sur le lit de camp de la véranda et essaya de compter les moutons.

Pendant des heures, elle se retourna dans son lit. Elle n'arrêtait pas de passer en revue tous les événements qui étaient survenus au cours de cet étrange été. Pour la première fois, depuis des jours, elle se remémorait la séparation de ses parents. Mais pourquoi le matin ne venait-il pas, afin qu'elle cesse de penser? Cette nuit était si ennuyeuse, elle souhaitait presque être de retour dans le présent. Pourtant, inlassablement, la montre marquait son propre temps. Patricia se sentait prise au piège. Elle savait trop bien qu'elle ne pourrait revenir au temps présent tant que la montre ne s'arrêterait pas. Celle-ci battait contre sa poitrine comme un deuxième cœur, noyant le sien.

Beaucoup plus tard, elle s'assit brusquement et s'efforça d'oublier un rêve concernant ses parents. Que faisait-elle sur la véranda? Pendant quelques secondes, elle oublia qu'elle vivait dans le temps passé. Puis, elle entendit à nouveau le chuchotement qui l'avait éveillée.

— Dépêche-toi, Ruth!

Rodney était dans la salle de séjour. Et comme Patricia se levait, tout ensommeillée, Ruth sortit de sa chambre sur la pointe des pieds en enfilant un chandail. Ils la frôlèrent en passant — Patricia frissonna parce qu'elle ne ressentit rien — et prirent leur attirail de pêche et leurs rames sur la véranda. C'était surprenant de les voir ensemble après leur querelle de la veille.

Le soleil se levait à peine. Patricia regarda l'heure à la montre: cinq heures. Elle ne se rappelait pas s'être jamais levée si tôt. L'air était frisquet et le soleil brillait par moments à travers les feuilles des peupliers. Les oiseaux rivalisaient à qui mieux mieux dans un concert joyeux et assourdissant. Patricia aspira goulûment l'air pur, battit des bras pour se réchauffer et écarta les toiles d'araignée qui barraient le sentier. Tout était neuf; et le meilleur était ce jour nouveau qui commençait en compagnie d'une famille à laquelle elle s'attachait de plus en plus.

En bas, sur la plage, Rodney retourna une petite embarcation grise en forme de coquille de noix. Patricia y monta avec précaution et rampa jusqu'à l'avant. La chaloupe semblait beaucoup plus stable que le canot, mais elle ne dansait pas sur l'eau comme ce dernier et ne portait pas de nom.

Ruth ramait énergiquement tandis que Rodney appâtait les lignes. Puis ils laissèrent flotter les rames et se mirent à lancer leur ligne.

Le soleil devenait plus chaud. Patricia cessa de frissonner et étendit ses jambes nues. Pour la première fois, elle se rendait compte qu'il n'y avait pas de centrale électrique pour gâcher l'horizon.

— Merci d'être venue, dit Rodney à sa sœur d'un ton bourru. À deux, nous pouvons en prendre bien plus.

Au contraire de Patricia, Ruth ne semblait pas étonnée par ce ton qui, somme toute, était assez amical. Ils n'étaient donc pas toujours ennemis. Patricia ne souhaitait nullement changer d'opinion sur Rodney mais, ce matin-là, il semblait différent. À le voir pêcher ainsi, inlassablement, Patricia lui trouvait l'air plus jeune.

— Ça mord! dit-il tout excité.

Il remonta vite sa ligne et Ruth tendit une épuisette. Elle y prit un poisson rayé d'à peu près quinze centimètres, qui se débattait beaucoup.

C'était une perche. Patricia le savait parce que Trevor en avait capturée une la veille et qu'il avait insisté pour que tante Ginnie la fasse cuire pour le petit déjeuner, même s'il n'y en avait que pour une bouchée. C'était son premier poisson de l'été.

Mais voilà que Ruth en attrapait une, et une encore, et Rodney, trois de suite. Bientôt, le seau au fond de la chaloupe déborda de formes grouillantes et argentées. Patricia qui observait les poissons avec intérêt étendit la main pour en toucher un. C'était frais et visqueux, pas aussi dégoûtant qu'elle l'aurait cru.

— Comment était le feu de camp et les guimauves grillées? demanda Ruth à son frère.

Rodney rougit autant qu'il l'avait fait au magasin.

— C'était moche. Ces filles sont stupides.

— Gordon a aimé ça?

— Oh lui... elles le trouvent tellement extraordinaire parce qu'il est en âge de conduire.

Patricia devina ce que pensait Ruth — que Rodney avait été invité au feu de camp pour que Gordon puisse y venir.

— T'en fais pas, dit Ruth. Ce sont vraiment des imbéciles.

— Après le déjeuner, je jouerai une partie de badminton avec toi, offrit son frère.

Le visage de Ruth se rembrunit.

— Non merci, refusa-t-elle. Je t'ai dit que je ne jouerais plus, et je ne jouerai plus.

Elle changea de sujet de conversation en pointant la berge du doigt.

— Regarde! Des Amérindiens à cheval!

Tous les trois regardèrent des silhouettes au loin qui contournaient la pointe au galop avant de s'en éloigner.

Ruth soupira.

J'aimerais bien que maman me laisse leur louer un cheval.

— Tu sais bien qu'il ne faut pas fréquenter les Amérindiens. Ils sont sales et paresseux.

— C'est pas vrai! s'indigna Ruth. Tu ne fais que répéter ce que papa a dit. Il n'a pas toujours raison, tu sais!

Rodney haussa les épaules.

— Je pense que nous avons assez de poissons maintenant.

Ruth rama pour rentrer, mais pas en direction de la plage des Reid comme Patricia s'y serait attendue. Elle dirigea plutôt la chaloupe vers un endroit boisé, non loin de la Réserve.

— Nous ne devrions pas accoster ici, dit Rodney, mal à l'aise. Ça fait partie de la Réserve.

— Je ne crois pas qu'ils nous en veuillent, dit Ruth. Et puis papa et maman ne le sauront jamais.

Elle mit pied à terre et en quelques minutes alluma un feu de camp sur le sable de la grève; bientôt, une douzaine de perches grillaient au-dessus. L'odeur en était incroyablement alléchante et cela plongea Patricia dans un dilemme. Il lui fallait absolument goûter à un de ces morceaux de choix, rôtis et croustillants, mais comment? Elle imagina la surprise de Ruth et de Rodney en voyant un poisson voler en dehors de la poêle.

Puis, elle eut une idée. Prenant un caillou derrière eux, elle le lança à l'eau. Ils tournèrent la tête et elle attrapa une perche.

— Ouch! cria Patricia. Ses doigts brûlés laissèrent tomber le poisson sur le sable. Elle l'essuya, puis l'engloutit avant que les autres n'aient eu le temps de se retourner.

— Qu'est-ce que c'était que ça?

— Un poisson qui a sauté à la surface de l'eau dit Rodney en haussant les épaules.

— Non, je crois que c'était un canard ou quelque chose comme ça. Tu n'as pas entendu appeler?

Rodney fit signe que non, tout en partageant les poissons.

— T'en as mangé un! l'accusa-t-il.

— Non! C'est pas vrai!

— Tu dois bien en avoir mangé un! Il y en a onze, et nous en avons nettoyé douze.

— T'as dû mal compter, dit Ruth en avalant ses poissons aussi vite qu'ils refroidissaient.

○

Ils arrivèrent au chalet à temps pour le déjeuner.

— Ruth Reid, regarde de quoi tu as l'air! lui reprocha sa mère.

Les mains et le visage de Ruth étaient tachés de beurre et de cendres; du sable, du sang et des écailles raidissaient ses vêtements.

— Rodney est aussi sale que moi, murmura-t-elle.

Patricia se tendit. Elle s'attendait à la même colère que la veille. Mais, aujourd'hui, il n'y avait que de l'irritation dans la voix de Pat Reid.

— Rodney est un garçon. Tu es une fille, et trop âgée pour te conduire comme un garçon manqué. Va te nettoyer et reviens pour m'aider à servir le déjeuner.

Patricia prit son propre déjeuner à la cuisine lorsqu'elle eut trouvé des biscuits et des fruits dans le grand garde-manger; la pièce où se trouvait maintenant la salle de bains. Elle avait compris la façon dont ils se débrouillaient avant qu'il n'y en ait une, lorsqu'elle avait entendu Pat Reid dire à Ginnie d'aller aux cabinets extérieurs.

Après le déjeuner, Patricia accompagna Ruth et Ginnie à la grande plage. Elle se rappelait tante Ginnie lui racontant combien Ruth avait dû détester l'y emmener tous les jours. Et Ruth avait certes l'air maussade.

Il ne s'y donnait pas encore de leçons de natation, mais la jetée, le radeau étaient les mêmes, et la plage de sable encore plus achalandée. Les femmes portaient des costumes de coton bouffants et toutes, sans exception, des bonnets de bain pour aller à l'eau.

Patricia s'assoupit au soleil en écoutant le martèlement métallique d'un jeu de fers à cheval que les hommes lançaient sur un piquet. Un terrier s'approcha d'elle et la renifla longuement. Il releva le nez, comme inquiet de ne pas rencontrer de corps correspondant à l'odeur.

Puis, il déguerpit et Patricia frissonna. Quelle étrange sensation que de se sentir là et de ne pas y être en même temps. Elle se demanda combien de temps il lui restait.

Elle n'était peut-être pas obligée d'attendre que la montre s'arrête de nouveau; elle pouvait peut-être la remonter tout de suite et rester là plus longtemps? Ses doigts essayèrent de faire bouger la couronne du remontoir, mais rien ne se produisit. Craignant de l'avoir brisée, elle la porta à son oreille. Le tic tac rassurant était bien là. La couronne devait être bloquée ou alors elle ne bougeait que lorsque le mécanisme horloger s'arrêtait. Elle devrait attendre jusque-là pour essayer de nouveau.

Patricia redoutait maintenant le choc d'être ramenée brusquement à la vie réelle. Toutefois, un garçon qui parlait à Ruth, retint son attention.

— Où sont tes frères? lui demandait-il. (Il semblait du même âge que Rodney.)

— Sur le court de badminton, répondit Ruth. Ils sont toujours à jouer au badminton. Si tu veux jouer une partie, Tom, tu les trouveras là jusqu'au dîner.

— Ça va — j'aime autant parler avec toi.

Il s'assit près d'elle et commença à vanter le canot automobile de son père. Ses cheveux noirs ondulaient, il avait un large sourire, et il paradait.

C'était sans doute pour capter l'attention de Ruth; pour flirter avec elle. Ruth faisait plus vieille que son âge, et elle était certainement la plus jolie fille de la plage. Patricia observait, fascinée.

Ruth paraissait surprise et déroutée par les attentions de Tom; puis elle prit l'attitude distante qu'elle avait avec ses frères.

— As-tu entendu parler du bal masqué qu'on organise au Centre récréatif? lui demanda Tom. L'avant-dernier samedi de juillet. Penses-tu y aller?

Ruth haussa les épaules.

— Tout le monde y sera, continua Tom. Aimerais-tu venir avec moi?

— Je ne sors pas avec les garçons, refusa Ruth. Viens, Ginnie, c'est le temps d'aller dîner.

— Bon, fais-le-moi savoir si tu changes d'idée. Au revoir.

Le garçon s'éloigna en sifflotant.

Patricia était impressionnée. Quelques-unes des filles de sa classe sortaient déjà avec les garçons, mais personne ne l'avait jamais invitée, elle. Elle se contorsionna, mal à l'aise, à l'idée que cela pourrait bien lui arriver aussi.

Mais Ruth était différente, elle était belle. Comme cela devait être étrange d'être assise là, sur une serviette de bain, et qu'un garçon arrive et vous fasse la cour! Étrange et importun; elle ne blâmait pas Ruth d'avoir refusé l'invitation. Par contre, le fait d'avoir le choix procurait sans doute une impression de pouvoir.

— Dépêche-toi, Ginnie! s'impatienta Ruth, alors que sa petite sœur s'arrêtait dans le sentier pour examiner son pied.

— Je me suis fait mal à l'orteil, Ruthie, pleurnicha l'enfant. Prends-moi dans tes bras...

Le reste de la plainte se perdit avec le retour subit de Patricia dans La Maisonnette.

9

Vite, elle sortit la montre. «Oh, je t'en prie, marche!», supplia-t-elle intérieurement. Mais avant qu'elle ait pu toucher à la couronne du remontoir, une voix l'appela de l'extérieur.

— Pa..aa...triciaa...

Elle eut à peine le temps de glisser la montre sous son chemisier que déjà ses cinq cousins s'engouffraient dans La Maisonnette.

— Ah, te voilà donc! s'écria Kelly en regardant Patricia d'un air curieux. Je me demandais où tu passais ton temps. Écoute, PiPot, il faut que tu viennes avec nous.

Patricia les fixait, le regard perdu. Le seul endroit où elle voulait vraiment aller était là où se trouvait Ruth; et elle ne savait même pas si la montre fonctionnerait de nouveau.

— Nous partons en pique-nique, continua Kelly. Maman prépare les provisions. Tu dois venir avec nous, sinon, elle se doutera de quelque chose. PiPot, tu m'écoutes? Tu dormais?

— J'y vais aussi, dit Maggie fièrement. Maman a dit qu'ils devaient m'emmener.

— Allons, viens-t'en, la pressa Christie. Le goûter doit être prêt maintenant.

Patricia reprit ses esprits.

— Je vous rejoins dans quelques minutes, leur dit-elle lentement.

Lorsqu'ils furent sortis, elle replaça la montre sous le matelas. Celle-ci devrait l'attendre là jusqu'au lendemain; à moins qu'elle ne puisse s'échapper au cours de la soirée.

Arrivés, au chalet, tante Ginnie leur tendit deux havresacs bien remplis.

— L'un contient vos chandails et vos maillots. J'en ai mis en plus pour vous, Bruce et Christie. Vous devrez tous être revenus avant la nuit. Et toi, Maggie, tu obéis bien à Kelly.

Puis, elle prit un air sérieux pour regarder sa fille aînée.

— Où as-tu dit que vous alliez?

— Au parc provincial, s'empressa de dire Kelly.

— C'est bon. Pourvu que vous n'alliez pas sur la Réserve. Les Amérindiens n'aiment pas être dérangés par les estivants. Et surtout pas de feu de camp. Vous m'avez bien compris?

— Mais maman, je sais comment faire un feu de camp; nous l'avons appris chez les Guides, protesta Kelly.

— C'est un été très sec. Et je ne veux courir aucun risque. Donne-moi tes allumettes, Kelly.

Tante Ginnie tendit la main et Kelly y déposa un carton d'allumettes.

Maggie fut la première sortie.

— Au revoir, maman! Au revoir, Rose-Marie! leur cria-t-elle, joyeusement.

Peggy sautait autour d'elle en jappant comme une folle.

Lorsqu'ils eurent rejoint la route, Kelly s'arrêta.

— Bon, maintenant, par ici, dit-elle en les dirigeant vers la droite.

— Mais ce n'est pas le bon chemin pour le parc, dit Maggie. Tu ne sais donc pas où c'est?

— Tais-toi, Maggie, maugréa Trevor. Ne pose pas de questions.

— Nous n'allons pas au parc, leur expliqua Kelly. Nous allons à la Réserve.

— Mais maman a dit...

— Ah... je savais bien qu'il ne fallait pas l'emmener, dit Christie, impatiente.

Patricia les écoutait raisonner avec la petite fille. C'était bien utile d'avoir Maggie avec soi pour poser les questions qu'elle-même n'osait pas poser.

— Je sais ce que maman a dit, lui expliqua Kelly, mais elle ne connaît rien aux Amérindiens. L'été dernier, ils ont dit que nous pouvions aller sur leurs terres à la condition de ne pas y laisser de déchets. Si tu veux venir avec nous, tu dois promettre de garder le secret, d'accord?

— D'accord! déclara Maggie, fière d'être dans le coup. Je ne dirai rien. Mais je parie que PiPot, elle, parlera.

— C'est vrai ça? demanda Christie.

Patricia fit signe que non. Elle éprouvait, en face de tous, un léger sentiment de supériorité car, aujourd'hui même, elle les avait précédés à la Réserve.

Ils cheminèrent lentement tout au long de la route. La chaleur avait ramolli le goudron qui collait aux pieds nus de Patricia. Elle les soulevait avec précaution, mais essayait de ne pas trop s'en faire; Ruth ne portait jamais de chaussures.

Au-delà du dernier chalet, il y avait un ensemble de bâtiments en ruine: La Retraite de l'église St. Stephen.

— Qu'est-ce que c'est? demanda Patricia.

Le choc d'être revenue si brusquement s'atténuait; elle se sentait de nouveau au présent.

— C'était une colonie de vacances, expliqua Kelly, mais personne n'y est venu depuis des années. Parfois, nous jouons dans les baraquements.

— Tu te rappelles la fois où Bruce y avait trouvé une souris kangourou? dit Christie.

Patricia frissonna. «Dommage que mes cousins apprécient tellement les crapauds, les serpents et les souris», songea-t-elle. Elle se demanda s'il y aurait un autre test à passer aujourd'hui.

— Qu'est-ce que j'aimerais avoir des allumettes, grommela Kelly.

— J'en ai, dit Bruce, placide.

Le visage de Kelly s'illumina.

— Formidable! Bravo Bruce!

Ils parvinrent à un écriteau délavé par le temps: LA RÉSERVE DE L'ÉPINETTE. LIMITE DE VITESSE: 30 km/h. ATTENTION AUX PIÉTONS, AU BÉTAIL ET AUX VÉHICULES ATTELÉS.

— C'est vraiment vieux, dit Bruce à Patricia. Il y a longtemps que les Amérindiens n'utilisent plus de chariots.

Kelly les mena de la route à un chemin de terre barré d'un fil de fer barbelé. En se glissant dessous avec les autres, Patricia avait le cœur qui battait la chamade.

Ils marchaient maintenant en silence. Maggie se rapprocha de Kelly et lui prit la main. Trevor passa une corde au collier de Peggy.

— Bonjour, monsieur Paul, dit Kelly en faisant un signe de la main à un vieil homme assis sur les marches d'un bungalow.

— Bonjour les enfants, dit l'homme d'un air sérieux. Vous voilà de retour?

— Nous allons en pique-nique à la Pointe de Sable. D'accord?

Le visage ridé du vieil homme se fendit d'un large sourire.

— D'accord. Revenez ici un peu plus tard. Mes petits-fils seront ici et vous pourrez monter à cheval.

— Merci, nous reviendrons, dit Kelly.

Ils passèrent devant d'autres maisons. Des femmes les regardèrent curieusement, des petits enfants aux cheveux noirs les dévisagèrent et un adolescent avec une tresse et une veste de cuir à franges les fixa d'un œil sombre jusqu'à ce qu'ils aient dépassé les dernières maisons.

— Tu es très brave, Kelly, murmura Christie. J'ai peur de leur parler. Papa serait furieux s'il l'apprenait. Il n'aime pas les Amérindiens, il dit qu'ils sont paresseux.

Kelly s'arrêta net pour faire face à sa cousine.

— J'espère que tu ne crois pas cela, Christie Reid! Ils sont comme toi et moi, et les Blancs leur ont fait des choses affreuses. M. Paul est mon ami. Tu sais que nous lui avons toujours loué des chevaux. Mes parents disent que ton père a des préjugés.

— Il n'en a pas, s'exclamèrent Christie et Bruce, sans trop de conviction.

— Vous savez très bien qu'il en a, dit Kelly, colérique. (Elle continua de marcher, puis parla sur un ton plus conciliant.) Mais ça ne fait rien, vous ne pouvez pas changer les idées de l'oncle Rod. Tant que vous ne pensez pas la même chose.

— Nous ne le pensons pas, lui assura Christie. Mais quand même, je n'aime pas être ici. Après tout, nous empiétons sur leur territoire.

— Tu as pourtant bien entendu M. Paul. Il a dit oui.

Patricia était d'accord avec Christie, mais elle n'avait pas le courage de le dire.

— Tu te rappelles quand nous jouions aux Indiens? dit Trevor à sa sœur. Tu étais Aigle-Brave; j'étais Lapin-Agile; et Christie: Plus-vite-que-le-Vent.

Kelly fronça les sourcils.

— Nous étions beaucoup plus jeunes en ce temps-là.

— Mais non, nous ne l'étions pas. Même que, l'an dernier...

Un regard de Kelly l'arrêta. Celle-ci tourna les yeux vers Patricia et rougit.

«Elle est gênée à cause de moi!» se dit Patricia, étonnée.

Ils arrivèrent à la pointe et s'écrasèrent sur la plage de sable où, à un autre moment, Patricia avait déjà mangé un poisson. Durant les quelques heures qui suivirent, les six cousins nagèrent, pêchèrent, firent un feu de camp et s'emplirent la panse du généreux pique-nique. C'était tante Ginnie qui l'avait préparé. Au début, Patricia se retint de participer, mais le lac était si invitant qu'elle se surprit elle-même à jouer au Chat Perché dans l'eau. Lorsque Bruce offrit de lui apprendre à pêcher, elle accepta avec empressement; après tout, Ruth ne savait-elle pas le faire? Elle attrapa même une perche et en remonta à Kelly en la nettoyant et en la faisant cuire elle-même.

Après le souper, elle sommeilla, couchée sur le sable de la plage, à l'écoute du tapage fait par les corneilles et les mésanges dans les buissons derrière elle. Le fait de vivre à deux époques différentes l'épuisait. Dans son demi-sommeil, elle se remémora les détails de sa matinée dans le temps passé et se demanda avec inquiétude si elle ne pourrait jamais y retourner. Mais elle ne souhaitait plus autant que cela arrive. L'après-midi avait été étonnamment agréable; pour la première fois, ses cousins ne lui avaient pas semblé aussi menaçants que d'habitude.

— Quelqu'un a-t-il de l'argent? demanda Kelly au bout d'un temps de paresse. Je ne suis pas certaine d'en avoir assez pour louer les chevaux.

— J'en ai, dit Trevor, qui vida ses poches.

— Maggie, veux-tu nous en prêter? Tu en as toujours beaucoup.

Kelly finit par persuader sa sœur de leur donner un dollar.

L'humeur calme de Patricia se dissipa. L'obligeraient-ils à monter à cheval? Les chevaux la terrifiaient. Sa mère l'avait déjà persuadée d'apprendre à monter, mais Patricia n'arrivait pas à tirer quoi que ce soit du vieux cheval qui lui avait été assigné et elle avait dû supplier sa mère de ne plus assister à ces cours d'équitation.

— Je n'y comprends rien, avait dit celle-ci en soupirant. Quand j'avais ton âge, je mourais d'envie de monter.

Kelly avait fini de compter l'argent.

— Il y en a assez pour louer quatre chevaux. À la condition que les prix soient les mêmes que l'an dernier.

— Cela ne me fait rien de ne pas monter, s'empressa de dire Patricia.

— Tu peux monter, la rassura Christie. Maggie est trop jeune et Bruce est allergique aux chevaux. Il peut demeurer avec elle et Peggy pendant notre absence. À moins que tu n'aies peur, ajouta-t-elle, la voix redevenue un brin méprisante.

— PiPot, je t'assure que ce sont des chevaux très gentils, ajouta Kelly. Certain, certain!

Voulait-on lui jouer un tour? Patricia ne souhaitait pas gâcher son tout nouveau sentiment d'appartenance au groupe. Elle se persuada que le ton gentil de Kelly était sincère.

— D'accord. S'il ne va pas trop vite.

— Bien! dit Kelly avec un sourire rassurant.

Elle commença à organiser l'emballage des choses et s'assura que le feu était complètement éteint.

Ils arrivèrent en vue de la maison de M. Paul et se dirigèrent vers une prairie adjacente à la propriété. Patricia eut un frisson en voyant l'énorme cheval qu'un jeune Amérindien lui amenait. Il l'aida à monter, puis le cheval tourna la tête et fixa la jeune fille d'un œil torve. Une forte odeur lui monta aux narines. Ses jambes pendaient tout droit de chaque côté de la large croupe. Il n'y avait pas de selle, seulement une corde à laquelle se raccrocher.

Juchée sur un plus petit cheval, Kelly se moqua d'elle.

— C'est bien la plus grosse jument que j'aie jamais vue! Tu auras de la chance si jamais tu arrives à la faire avancer.

Patricia espérait que ce soit vrai. Elle fut soulagée lorsqu'en dépit de ses coups de talons sur les flancs, la bête continua à traîner de la patte, loin derrière.

— Allez, PiPot, prends une petite cravache! lui crièrent-ils.

Mais elle n'arrivait pas à attraper une branche pour s'en fabriquer une et elle ne voulait pas non plus frapper sa monture. La jument lui paraissait aussi peu désireuse de faire une balade qu'elle-même.

Christie revint au trot et attrapa le licou du cheval.

— Je vais te conduire jusqu'à ce que nous ne soyons plus en vue de la prairie. C'est de la paresse. Elle ira plus vite quand elle comprendra qu'elle ne peut pas y retourner.

C'était plus réconfortant d'aller de pair avec Christie, même s'il ne lui restait plus que la crinière du cheval à laquelle se retenir. Patricia enlaça ses doigts dans les longs crins raides.

Kelly les conduisit à la route frontière de la Réserve.

— Nous avons le temps de nous rendre au magasin et d'en revenir, suggéra-t-elle.

— Mais quelqu'un pourrait nous voir! objecta Christie.

— C'est risqué, admit Kelly, mais ce serait formidable que LES ÉTRANGES nous voient? Eux qui n'ont jamais osé louer de chevaux. Écoute, il est six heures et maman devait souper chez toi; ils seront tous occupés sur la plage à se faire un barbecue.

— Mais LES ÉTRANGES pourraient être là aussi, fit remarquer Trevor.

— Peut-être... mais il se pourrait bien aussi qu'ils aient terminé et qu'ils traînent autour du magasin.

— Je ne veux pas y aller, dit Christie, c'est trop risqué. Tu sais à quel point papa est capable de piquer une colère. Il en ferait une belle s'il nous voyait sur les chevaux des Amérindiens.

Mais, comme toujours, Kelly n'en fit qu'à sa tête. Ils rejoignirent la route et formèrent une procession, Patricia placée entre Trevor et Christie. Son cheval se décida enfin à avancer d'un pas lourd, sans être mené.

Patricia se détendait un peu, tout en souhaitant que cette activité désagréable se termine bientôt. Le fait d'imaginer à quel point Ruth l'envierait ne l'aidait pas. Elle n'aimait pas monter, voilà tout.

Une éternité sembla s'écouler avant qu'ils ne parviennent au magasin. Kelly s'attarda devant, mais personne n'en sortit pour les admirer.

— Viens Kelly, il faut rentrer sinon nous devrons payer la location d'une autre heure, dit son frère.

Kelly fit faire demi-tour à son cheval et tous les autres suivirent au trot.

— N'allez pas si vite, dit Patricia en retenant son souffle. Chaque mouvement saccadé la faisait claquer des dents.

Christie regarda derrière elle.

— Ne t'inquiète pas. Ils reconnaissent simplement le chemin du retour. Reste assise le plus bas possible et agrippe-toi aux flancs. C'est la façon de monter dans l'Ouest. J'ai appris ça aux cours d'équitation.

Patricia essaya, mais elle s'élevait encore trop haut. Cela lui faisait mal. Elle essaya le trot à l'anglaise, comme elle l'avait appris au cours d'équitation, mais c'était impossible, puisqu'elle n'avait pas d'étriers sur lesquels prendre appui. Elle tira sur les rênes de corde, mais le cheval était devenu comme une mécanique qu'elle n'arrivait plus à arrêter.

— Allons au petit galop, ce sera plus confortable, dit Kelly à la ronde en poussant son
cheval...

— HI-HO!

La jument de Patricia s'empressa d'imiter
les autres. La jeune fille continuait d'être terri-
fiée, même s'il lui était plus facile de rester en
selle maintenant. Son cheval allait d'un trot
égal et grognait chaque fois que ses sabots
touchaient terre.

— Je t'en prie, ralentis!, suppliait-elle en
tirant sur la corde aussi fort qu'elle le pouvait.

Au moins, à cette allure, ils seraient bientôt arrivés. Mais, elle aurait cent fois préféré
marcher. En désespoir de cause, elle tira une
dernière fois vers l'arrière.

La jument réagit en plongeant la tête brusquement vers l'avant. Puis, elle quitta la file
et partit au grand galop.

Patricia poussa un cri en se penchant tout
au long sur le cou du cheval. Il enfilait la
route à toute vitesse. Des morceaux de goudron et de terre entraient dans les yeux et la
bouche de la cavalière. Chaque galop la pro-
jetait dans les airs et la faisait retomber dure-
ment sur la croupe de la jument.

«Je vais me tuer», songeait-elle, la mort
dans l'âme, tandis que les arbres semblaient
s'élever, se coucher autour d'elle. Elle n'arrivait plus à crier et savait que bientôt ses bras
seraient trop fatigués pour qu'elle puisse

s'agripper plus longtemps au cou du cheval en sueur.

Soudain, une grande silhouette apparut en travers du chemin.

— Woa! Ça y est! Je l'ai!

L'homme attrapa la corde et tira. Le cheval fit un écart et fut obligé de s'arrêter. Patricia se laissa glisser le long de son flanc, dans le fossé.

Elle avait la bouche remplie de terre. Elle tourna la tête et l'essuya en regardant un visage inquiet penché sur elle.

— Ça va? lui disait Mme Donaldson, la voisine, pendant que son mari retenait le cheval et essayait de le calmer. Puis, elle épousseta Patricia et la mit debout.

Patricia pleurait d'une façon irrépressible. Des sanglots lui venaient et elle commençait à hoqueter. Mme Donaldson lui tapota le dos.

— Allons, allons, ça va mieux maintenant. Cela a dû être une expérience vraiment terrible.

Ses cousins arrivèrent au petit galop et s'arrêtèrent. Kelly descendit vite, donna les rênes à Trevor, et s'empressa auprès de Patricia.

— PiPot, ça va? Je n'ai jamais vu un cheval filer aussi vite! Tu aurais dû voir comme tu sautais dans les airs! Tu es sûre que tu vas bien?

Patricia fit face à sa cousine.

— Tu m'avais dit que c'était un cheval inoffensif! dit-elle en s'étouffant. Tu l'avais juré!

— D'habitude, ils le sont! Je te le jure, PiPot! J'ignorais. Ce cheval n'est pas normal.

Patricia ne la croyait pas. Kelly devait savoir depuis toujours que ce cheval était fou — ce n'était qu'un autre de ses tours. Elle lui tourna le dos et se laissa emmener au chalet par Mme Donaldson.

○

— Et vous n'utiliserez pas le canot pendant une semaine. Et pas d'argent de poche pour deux semaines. Et pour le reste de la journée, vous ne quitterez pas la propriété.

Patricia n'avait jamais vu sa tante Ginnie dans un tel état. Ses yeux, d'habitude si doux, lançaient des éclairs tandis qu'elle arpentait la pièce devant Kelly, Trevor, Maggie et Patricia assis en rang d'oignons sur le sofa.

La veille au soir, après que Patricia eut été ramenée au chalet, sa tante s'était empressée de revenir de chez l'oncle Rod et s'était occupée d'elle comme d'un bébé. Elle lui avait fait prendre un bain chaud et l'avait mise au lit avec un cachet d'aspirine en essayant d'apaiser ses sanglots apeurés. Une heure plus tard, Patricia eut à peine connaissance que Kelly se glissait auprès d'elle dans le lit.

— PiPot? Tu dors? Sais-tu pourquoi ta jument a pris peur? Elle était grosse! M. Paul était vraiment fâché contre ses fils de nous l'avoir louée. Tu vois bien que ce n'était pas ma faute, PiPot. Et je paie cher pour ça. Maman est si fâchée contre nous qu'elle ne nous parle plus. Mais je parie qu'elle se reprendra demain.

Patricia ne répondit pas. Elle garda les yeux bien fermés et s'efforça de ne pas sentir le lit monter et descendre comme s'il s'agissait d'un cheval mécanique.

Le matin suivant, elle fut surprise d'être associée par tante Ginnie à la bande coupable.

— Bien sûr, c'est en grande partie la faute de Kelly et Trevor, lui dit sa tante d'un ton adouci. Mais tu savais, Patricia, que vous ne deviez pas aller sur la Réserve. Alors, je pense qu'il n'est que juste que tu sois punie aussi.

— Mais ce n'est pas juste, protesta Kelly. Elle a déjà été punie à cause de ce cheval!

Patricia fit une moue réprobatrice à sa cousine. Elle n'avait que faire de sa sympathie.

— D'accord. Je suis coupable aussi, dit-elle calmement.

De toute sa vie, elle ne se rappelait pas avoir été punie; c'était nouveau. Ses parents ne croyaient pas aux punitions. Au fond d'elle-même, elle était heureuse de l'être puisque, de cette façon, on la mettait sur un pied d'égalité avec les autres.

Enfin, la colère de tante Ginnie s'évanouit. Elle soupira, comme surprise de voir même que cela avait pu lui arriver.

— Bon! C'est tout ce que j'ai à dire. Mais je ne sais pas ce que votre père en pensera lorsqu'il sera là. Vous pouvez aller maintenant. Et occupez-vous à quelque chose de tranquille.

C'était un samedi matin frais et pluvieux, sans leçon de natation. Les autres s'assirent sur la véranda, l'air maussade, et se mirent
à brasser les cartes. Patricia s'éloigna d'eux.

— Tu veux jouer au poker avec nous? lui demanda Kelly.

— Non, merci; je préfère rester seule.

Sous la pluie, Patricia marcha jusqu'à La Maisonnette où elle s'étendit, immobile, sur le lit, et réchauffa la montre de ses mains.

À la suite de son aventure à cheval, elle avait mal partout. Et à l'intérieur d'elle-même aussi. La confiance qu'elle avait commencé d'éprouver lors du pique-nique était ébranlée. Kelly, qui savait tout d'habitude, aurait dû être au courant de l'état de la jument. Voulu ou non, on lui avait joué un sale tour et c'était elle la responsable.

Elle n'avait jamais autant désiré s'évader dans le passé. Elle décida de remonter la montre au maximum et de repartir ainsi plus longtemps.

Mais le remontoir serait-il encore coincé? Patricia, les mains moites, s'assit et essaya.

La couronne bougea facilement. Elle la fit tourner entre le pouce et l'index jusqu'au moment où elle rencontra une résistance. Puis, elle ferma les yeux.

10

Patricia s'attendait à revenir au passé à l'endroit où elle avait remonté la montre. Elle ne fut donc pas surprise de rouvrir les yeux sur le décor de La Maisonnette. Maintenant elle se rendait compte à quel point c'était neuf: les planches du parquet dégageaient une odeur verdelette de bois fraîchement coupé.

Elle se rappela qu'elle avait laissé Ruth et Ginnie remontant le sentier de la grande plage et s'empressa de courir au devant d'elles. Ruth était toute rouge d'avoir porté Ginnie sur son dos.

— Je suis certaine que ton orteil ne te fait plus mal, disait-elle d'un ton maussade.

La petite fille affichait un air pathétique.

— Non, non, Ruthie! Je pense que c'est cassé!

Patricia fut heureuse de pénétrer à leur suite dans le chalet. De nouveau, elle se sentait en sécurité. Elle pouvait maintenant oublier les chevaux débridés et les fausses promesses. C'était trop douloureux de faire confiance aux gens. Ici, personne ne pouvait lui faire de mal.

La montre, remontée à bloc, tint le temps pendant deux jours. Une fois, Patricia essaya bien de faire bouger la couronne du remontoir, mais elle n'y arriva pas. Pour une raison inconnue, la montre ne se remontait qu'au temps présent, comme si elle ne pouvait exister dans le temps passé. Un événement vint le lui confirmer l'après-midi du premier jour.

Elle était perchée sur un tabouret dans la chambre des parents de Ruth et regardait Pat Reid faire une mise en plis à sa fille aînée au moyen d'épingles à cheveux. Ginnie, accroupie sur le parquet, en fabriquait une longue chaîne. Ruth était assise sur une chaise basse, tandis que sa mère s'affairait autour de sa tête, enroulant les mèches humides, fixant les boucles plates et épaisses à l'aide de deux épingles croisées. Cela semblait représenter beaucoup de travail.

Ruth bougeait la tête, impatiente.

— Je voudrais bien me faire couper les cheveux. C'est si long de les friser.

— Les cheveux longs conviennent mieux à une fille de ton âge, marmotta sa mère au travers des épingles qu'elle tenait dans la bouche. Je n'aime pas cela plus que toi, Ruth! Il serait temps que tu apprennes à le faire toi-même.

— J'ai essayé, se lamenta Ruth, mais les mèches se défont avant que j'aie le temps de les attacher.

On aurait dit qu'elle portait maintenant un casque de métal.

— Maman, continua-t-elle, est-ce que je suis assez vieille pour sortir avec les garçons?

Sa mère retira les épingles de sa bouche et fixa sa fille du regard en lui disant:

— Certainement pas. Tu n'as que douze ans.

— Je n'ai pas dit que j'accepterais. Je voulais seulement savoir si j'avais l'âge.

— Quelqu'un t'a invitée?

Ruth semblait embarrassée.

— Hum...... oui. À aller au bal masqué du Centre récréatif.

Sa mère recommença à lui enrouler les cheveux.

— J'en ai entendu parler hier. Tous ceux qui étaient sur la plage y seront. Ton père doit nous rapporter des choses de la ville pour nous costumer. Tu viendras avec toute la famille, mais pas seule avec un garçon. Qui t'a invitée?

— Oh... seulement Ted Turner. Mais j'ai dit non. Je ne veux pas sortir avec lui; il est aussi suffisant que Rodney.

— En effet, j'espère bien que non. Tu es beaucoup trop jeune.

Puis il y eut une longue pause.

— Tu es une très jolie fille, tu sais. En fait, ta tante Sophie a même admis devant moi que tu étais la plus jolie fille de la famille; en tout cas, plus jolie que les deux siennes.

Toutes deux examinèrent le reflet de Ruth dans la glace, comme si ce visage-là appartenait à quelqu'un d'autre.

— Tu es parmi celles qui ont de la chance, dit sa mère en soupirant. Mais tu auras des responsabilités. Les garçons vont te remarquer trop tôt. Tu devras leur rappeler ton âge.

Ruth paraissait très étonnée.

— Mais pourquoi est-ce si important? Je n'ai pas choisi d'avoir une allure particulière.

— Personne d'entre nous n'a eu le choix, n'est-ce pas? répondit sa mère sèchement. Mais être belle a beaucoup d'importance; et pour une fille c'est tout ce qui compte.

— Et moi, est-ce que je suis zolie, maman? demanda Ginnie assise sur le plancher.

Sa mère rit.

— Tu es la jolie petite boulotte à sa maman, ma chérie. Mais défais toutes les épingles à présent, j'en ai besoin.

— Maman, où est ta montre? demanda Ginnie en montant sur le lit où elle entreprit de défaire la chaîne des épingles à cheveux. Pourquoi ne la portes-tu pas? Je veux entendre le tic tac.

— Tu sais bien que je ne la porte pas quand je suis au lac. Elle pourrait se briser.

136

Je l'ai déposée dans mon coffret à bijoux pour l'été.

— Je peux la voir? demanda Ginnie qui soulevait déjà le couvercle d'un coffret de bois posé sur la commode.

— Si tu fais attention.

Patricia commença de trembler. Elle agrippa la montre attachée à son cou. Que dirait Pat Reid en voyant que celle-ci avait disparu. Et comment la montre était-elle passée du coffret à La Maisonnette? Elle se sentait aussi coupable que si elle l'avait volée.

Tout à coup, Ginnie sortit du coffret une longue chaîne à laquelle était attachée une montre.

— La voilà!

«C'est impossible, se dit Patricia. Elle est là, autour de mon cou.»

Cette montre était pourtant bien identique à la sienne. Peut-être un peu plus brillante, mais avec les mêmes chiffres noirs, le même boîtier. Patricia était sûre que c'était la même. Incroyable ou non, l'une était arrêtée, dans la paume de Ginnie, et l'autre marquait les secondes sur sa poitrine. Comme si Patricia n'était pas tout à fait de ce monde, pas plus que la montre. Comme si toutes deux étaient des fantômes; des fantômes venus du futur.

Ginnie pressa la couronne de la montre qu'elle tenait.

— Regardez, je l'ai ouverte!

— Attention de ne pas la briser, murmura sa mère à travers les épingles qu'elle avait à la bouche. Ruth referme-la pour elle.

Ruth prit la montre des mains de sa sœur, mais avant de la refermer, elle prit le temps de lire l'inscription.

— 1929. N'est-ce pas l'année où le frère de papa est décédé?

— Oui... Il est mort la semaine précédant notre mariage. La montre était son cadeau de fiançailles.

Elle croisa les deux dernières épingles sur la tête de Ruth, prit la montre, et en caressa la chaîne.

— À quoi ressemblait-il, s'empressa de demander Ruth.

Mais sa mère garda une expression distante, l'air de ne pas entendre.

Ginnie sautait sur le lit.

— Puis-je la remonter?

Pat Reid se leva brusquement et alla replacer la montre dans son coffret.

— Non, Ginnie, je veux la laisser comme ça. Maintenant, allez jouer au soleil toutes deux. J'aimerais bien pouvoir finir mon livre.

○

Cette nuit-là, Patricia dormit auprès de Ruth, sur les couvertures et dans la même

position qu'elle occupait près du mur lorsqu'elle était avec Kelly. Elle s'éveilla reposée
et enchantée d'être toujours dans le temps
passé.

Au matin, Andrew Reid emmena les garçons et Ruth, ainsi que Patricia, à la ville. La
visiteuse, qui n'y était jamais allée, n'ignorait
toutefois pas que c'était l'emplacement actuel
de la centrale électrique. Mais aujourd'hui, il
ne s'agissait que d'un ensemble d'édifices en
bois délabrés. Pratiquement personne n'arpentait les rues et la femme du minuscule
bureau de poste leva un regard endormi sur
les Reid quand ils entrèrent pour prendre leur
courrier.

Andrew Reid fronça les sourcils en lisant
la lettre qu'il venait de recevoir.

— Encore une chance que je sois de
retour en ville lundi. Ils semblent incapables
de mener l'étude d'avocats sans moi.

— Allez-vous nous rapporter de nouveaux
volants de badminton la semaine prochaine?
lui demanda Rodney, alors qu'ils se dirigeaient de concert vers le magasin d'alimen-
tation du village.

— Et j'ai aussi besoin d'un chiffon à
reluire pour mon télescope; je vais vous en
écrire la marque, ajouta Gordon.

Les garçons et leur père déambulaient, l'air
assuré, le long de la rue. Ruth suivait derrière.

Patricia s'arrêta avec elle, en face du magasin, pour flatter un cheval attaché à un

chariot rempli de petits Amérindiens qui scru-
taient Ruth de leurs yeux noirs.

— Tu aimes les chevaux? demanda le plus
grand des garçons.

Le visage enfoui dans le cou du cheval,
Ruth fit signe que oui. Patricia, elle, s'en
tenait assez éloignée, même s'il ne pouvait lui
faire de mal puisqu'elle était invisible.

— Ruth! Reviens ici!

La voix grave d'Andrew Reid brisait le lourd
silence de la rue. Lui et les garçons sortaient
du magasin les bras chargés de paquets.

Ruth les rejoignit à contrecœur. Son père
ne lui adressa pas la parole tant qu'ils ne
furent pas arrivés à l'automobile grise. Il déposa alors ses paquets et l'obligea à lui faire
face.

— Écoute-moi bien, jeune fille. Tu ne dois
pas parler aux Amérindiens! Je te l'ai déjà
dit. Nous nous occupons de nos affaires et
eux, des leurs. Ta mère serait très en colère
si elle savait que tu t'es approchée d'eux; ils
n'avaient pas l'air très propres.

— Je ne faisais que flatter le cheval...
commença Ruth.

Mais l'expression féroce de son père l'empêcha de continuer.

Pendant le trajet du retour au chalet, Patricia étudia la nuque d'Andrew Reid. Cette
dernière était hérissée de petits poils blancs
et semblait aussi immobile et rigide qu'un
tronc d'arbre. Elle ne pouvait s'empêcher de

penser à Wilfrid. Il était peut-être le frère d'Andrew, mais elle était certaine qu'il était plus gentil.

○

Ce soir-là, au souper, Andrew Reid soumit ses enfants à un jeu-questionnaire d'intérêt général. Même Ginnie eut son tour.

— D'accord Ginnie. Qui est la plus grande patineuse au Canada?

— Barbara Ann Scott! chantonna-t-elle. Papa, je veux une poupée Barbara Ann Scott pour mon anniversaire.

— Combien de provinces y a t-il au Canada? demanda t-il aux autres enfants.

— Neuf, dit Rodney.

Ruth prit un air suffisant.

— C'est faux, Rodney. Terre-Neuve vient d'entrer dans la Confédération.

— C'est bien, Ruth, dit son père à contre-cœur. Vous auriez dû savoir ça, les garçons.

Et lorsque Ruth répondit correctement à d'autres questions, il prit un air encore plus rébarbatif.

— Allez-vous vous laisser battre par une fille, les gars? Vous feriez bien de vous mettre à la lecture des journaux.

Quelques heures plus tard, la famille se rendit à la plage pour participer à un feu de joie. Enveloppée d'une couverture, sur les genoux de sa mère, Ginnie luttait contre le sommeil. Ruth faisait griller une guimauve aussi uniformément que possible tandis que son père et les garçons réglaient le télescope de Gordon. Puis, ils jouèrent aux charades jusqu'à la nuit tombée.

Patricia était étendue sur la plage caillouteuse et regardait, émerveillée, la myriade d'étoiles au-dessus de sa tête. Elle ne se rappelait pas en avoir jamais vu autant, sauf au planétarium.

Gordon, la tête penchée, regardait dans son télescope.

— Je pense que je vois Jupiter. Regarde Rodney, tu peux apercevoir ses satellites.

Le télescope, qui semblait avoir été bricolé de toutes pièces, était un large cylindre noir monté sur un trépied de bois.

Tous, sauf la mère de Ruth, vinrent observer les étoiles.

— Je ne peux rien voir dans ce machin-là, se plaignit-elle. Je préfère me servir de mes yeux. Nomme-nous les constellations, Gordon.

Ils étaient tous étendus sur la plage, même Andrew Reid qui n'avait pas l'air très digne allongé ainsi. Gordon énumérait les étoiles d'une voix passionnée.

— Voilà le Scorpion — voyez-vous cette étoile rougeâtre? C'est Antarès, au cœur du Scorpion, la plus grande étoile du ciel.

Patricia essaya de repérer la queue de la constellation. Pendant quelques instants, elle put la voir se détacher sur le fond obscur, jusqu'à ce que ses yeux se mettent à cligner. Il lui fut plus facile d'identifier le tracé de la Lyre et du Sagittaire.

Ils se relevèrent et les garçons regardèrent de nouveau dans le télescope. Ginnie s'était enfin abandonnée au sommeil. Ruth tournait le dos au reste de la famille, les bras passés autour des genoux, le regard plongé dans le lac sombre. L'eau léchait la rive tout doucement et un huart chantait.

Andrew Reid tira une bouffée aigre-douce de sa pipe.

— Nous sommes une famille qui a de la chance, dit-il d'un ton bourru. Quatre enfants en bonne santé et un endroit comme celui-là où passer les vacances.

Sa femme fixait le feu.

— Oui, Andrew, dit-elle distraitement.

Puis, elle soupira et se tourna vers lui comme si elle venait tout juste d'entendre ses paroles.

— C'est vrai, nous avons de la chance. Dieu merci, les garçons étaient trop jeunes pour être mobilisés et toi, trop vieux pour l'être.

— C'est une époque magnifique pour être jeune, continua son mari. Je vous envie, les gars. Le monde est en paix. Il y aura un boom économique à Edmonton avec cette

143

découverte de pétrole à Leduc. Vous devriez bien réussir tous deux.

Ruth se retourna.

— Et moi?

— Comment toi? Je veux que Ginnie et toi fassiez un bon mariage et ayez beaucoup d'enfants! lui dit-il en souriant.

— Et si je n'avais pas d'enfants?

— Ne sois pas ridicule, Ruth, bien sûr que tu en auras! lui dit sa mère.

C'est alors que Patricia se dit qu'en grandissant Ruth deviendrait sa mère. Elle en frissonna, avec l'impression d'être plus fantomatique que jamais.

○

Le lendemain matin, Pat Reid dit:

— Le frère de Kay Brother, qui est ministre anglican, passe la fin de semaine au lac. Il célébrera un office au chalet des Brother demain matin. Vous savez à quel point l'église me manque ici.

— Un office en été, maman! Ça c'est trop fort, gémit Gordon.

— Merci bien pour moi, dit Rodney.

— Moi aussi, ajouta Ruth.

Ginnie fit la moue.

— Maman, j'aime pas aller à l'église. C'est pas drôle du tout.

144

Même son mari semblait bouder, tout en restant silencieux.

Pat Reid les fixait. Sa colère semblait lui monter au visage comme un verre se remplit d'eau. Elle appuya les deux mains sur la table:

— Vous irez tous, sans faire de commentaires disgracieux et sans vous plaindre. Tous, autant que vous êtes! Si nous ne pouvons plus aller à l'église ensemble...

Sa voix montait d'un cran à chaque mot.

Andrew Reid lança un regard d'avertissement aux enfants, puis il s'adressa à eux calmement:

— D'accord, Pat. Bien sûr que nous irons! Les enfants, faites des excuses à votre mère.

Il y eut un concert de «pardons» murmurés. Et chacun retint son souffle en attendant de voir si la colère de Pat Reid retomberait. Sa voix devint plus égale.

— Très bien. Demain matin, dix heures.

○

Le lendemain matin, tout de suite après le retour de l'office, la montre s'arrêta. Ruth était toujours assise sur la grande plage avec Ginnie. Elle lui lisait l'histoire de *Marie*. Patricia se retrouva donc subitement dans le temps présent, au beau milieu d'une phrase.

Elle resta étendue sur le lit de La Maisonnette pendant un bon moment.

Car elle était bien fatiguée. Ce va-et-vient dans le temps était épuisant. Et sa dernière remontée avait été tellement longue qu'elle ignorait si elle pourrait jamais en faire une autre semblable, même si elle préférait de beaucoup être là-bas plutôt qu'ici.

Elle cacha de nouveau la montre et sortit sous la pluie, aveuglée un peu, en essayant de se réhabituer au présent. Pour le reste de la journée, elle se tint en compagnie de Kelly et des autres, toujours condamnés à la véranda. Ceux-ci paraissaient plutôt indifférents à sa présence; et Kelly semblait même soulagée de son retour parmi eux. Mais Patricia refusait de répondre à ses avances amicales. Pour la première fois, elle se sentait supérieure à Kelly. Sa cousine savait peut-être faire beaucoup de choses, contrairement à elle, mais elle ne connaissait pas son secret.

Oncle Doug revint pour la fin de semaine et ils eurent droit à une autre semonce au sujet de leur randonnée à cheval. Mais au moins, avec lui, cela ne dura pas très longtemps; il était moins doué pour la réprimande que sa femme.

Il avait apporté une lettre de la mère de Patricia. C'était l'habituel rapport succinct de ses activités, rédigé avec un entrain forcé. Tout sur son travail et rien sur la séparation. Patricia frissonna à la pensée qu'elle lisait la lettre de la Ruth âgée de quarante-sept ans alors qu'elle venait tout juste d'être assise en compagnie de celle de douze ans. Les deux Ruth étaient si différentes. Qu'était-il arrivé pour que la jeune fille qu'elle aimait tellement devienne une mère comme la sienne?

Et ce soir-là aussi, Patricia reçut une nouvelle qui l'inquiéta.

— Ta grand-maman Nan arrive bientôt, lui dit joyeusement tante Ginnie. Elle a téléphoné cet après-midi. Elle a bien hâte; elle qui ne t'a pas vue depuis que tu avais huit ans!

La nouvelle laissa Patricia indifférente pendant quelques instants. Elle écrivait à sa grand-mère de Calgary deux fois par an pour la remercier du chèque envoyé à l'occasion de son anniversaire, ou de Noël. Elle se souvenait à peine d'elle.

Puis, elle déposa la tranche de melon qu'elle était en train de manger. Elle prenait conscience avec horreur de ce que tante Ginnie venait de dire. Nan, c'était Pat Reid. La femme observée par Patricia au cours de ses incursions dans le temps passé; et elle allait être ici.

De plus, Patricia avait sa montre. Nan ignorait certainement que l'objet était sous le parquet de La Maisonnette. Elle devait l'avoir perdue depuis si longtemps. Mais Patricia ne voulait pas la lui rendre; elle avait l'impression que, désormais, cette montre lui appartenait.

Elle demanda, fébrile:

— Quand Nan arrive-t-elle?

— Mardi, vers midi. Oncle Doug prendra congé pour la conduire ici. Elle habitera dans La Maisonnette. Toi et Kelly, vous pourriez m'aider à y faire le ménage.

— N'oublie pas que je dois y réparer le parquet demain, dit l'oncle Doug.

Là, Patricia fut vraiment inquiète. Qu'arriverait-il s'ils trouvaient la montre sous le matelas? Il lui fallait trouver une autre cachette.

Elle dut se forcer à finir son dessert. Elle se refusait à rencontrer sa grand-mère dans le temps présent; le passé et le présent se confondraient tout à fait.

11

Quand Nan arriva, Patricia se cacha derrière les autres de façon à observer sans être vue, comme elle le faisait lorsqu'elle était invisible.

Une mince silhouette descendit prudemment de la voiture. Cette femme était très différente de celle que Patricia connaissait lors de ses incursions dans le temps passé, de celle d'il y avait trente-cinq ans. Plus courte, elle avait le dos et les épaules voûtés. Au lieu d'une robe de coton, elle portait un pantalon vert et un chemisier qui juraient avec le collier de deux rangées de perles enroulé autour de son cou sec et nerveux. Ses cheveux permanentés étaient coiffés de petits rouleaux gris-fer uniformes. Bien que sa vilaine bouche se tordît encore lorsqu'elle souriait, l'expression de son visage était maintenant plus agressive que floue.

Mais le plus grand contraste, c'était que maintenant, elle faisait du sentiment.

— Mes chers enfants... venez embrasser votre vieille Nannie! s'écria-t-elle d'une voix sirupeuse. Et voilà le bébé, quelle jolie petite chose — donnez-le-moi! Bonjour ma chère Ginnie, comme c'est agréable d'être ici! Et Maggie... et toi, mon cher Trevor!

Patricia n'en revenait pas. Sa grand-mère était-elle devenue plus affectueuse après la mort de son mari? Pourtant, quelque chose de forcé, d'artificiel, transparaissait dans sa façon de roucouler. Alors que tous s'embrassaient, se laissaient embrasser, Patricia demeurait obstinément cachée derrière la voiture.

— Mais où est donc Patricia? s'écria la voix aiguë. Où est donc ma pauvre petite Patricia?

Tante Ginnie entoura sa nièce d'un bras protecteur.

— Ne sois pas timide, ma chérie. Viens saluer ta grand-maman.

Nan redonna Rose-Marie à Ginnie et prit le visage de Patricia entre ses mains. Celle-ci rejeta la tête en arrière, mais les mains fraîches la retinrent fermement.

— Voilà donc enfin Patricia!

Nan l'embrassa rapidement, puis relâcha son étreinte.

— Tu ne ressembles pas du tout à ta mère. Bon, c'est peut-être mieux ainsi. Sais-tu que je ne t'ai pas vue depuis bientôt quatre ans? Il nous faudra avoir une longue conversation toutes les deux.

Patricia se sortit de cette situation embarrassante en aidant les autres à porter les valises jusqu'à La Maisonnette. La vue du lit et des nouveaux carreaux la mirent mal à l'aise. De bonne heure, le dimanche matin, elle était venue là et avait repris la montre. Puis elle l'avait cachée au grenier du chalet dans une boîte à chaussures trouvée dans un coin. Personne ne montait jamais là-haut parce qu'il y faisait bien trop chaud.

«Une longue conversation», avait-elle dit. Les mots menaçants lui revenaient sans cesse à l'esprit. Mais Patricia commença à se détendre lorsqu'elle se rendit compte qu'il y avait bien trop de gens autour de Nan pour qu'elle puisse la prendre à part. La famille de l'oncle Rod arriva et elle fut protégée de sa grand-mère par un véritable mur de jacasserie.

Tous s'occupaient de la vieille dame. Tante Ginnie et tante Karen l'entouraient de petits soins, la fournissaient en cigarettes, thé et coussins. Nan était encore plus autoritaire et elle avait encore plus d'idées arrêtées que par le passé. Avant le dîner, elle envoya les femmes travailler à la cuisine, s'assit sur la véranda avec l'oncle Rod, et s'engagea avec lui dans une discussion animée sur le Premier ministre, Trevor, Christie et Bruce à ses pieds. Kelly se trouvait quelque part dans la nature.

Patricia s'assit sur les marches de la galerie, le bébé dans les bras. Elle observait oncle Doug préparer le barbecue et Maggie faire l'arbre fourchu sur la pelouse.

Rose-Marie babillait et lui tirait le nez et les cheveux. Patricia l'élevait dans les airs en lui chantant comme elle l'avait vu faire à sa tante:

−*P'tit galop, p'tit galop, p'tit galop,*
GRAND GALOP!

Oncle Doug et Maggie montèrent les marches de l'escalier.

— Est-ce que tu veux que je prenne le bébé? lui offrit son oncle.

— Non, ça va, dit Patricia.

Cela la calmait de tenir le petit corps dodu. Et lui donnait aussi l'excuse de ne pas se joindre au groupe bruyant à l'intérieur. Néanmoins, Rose-Marie commençait à peser lourd et, après un moment, Patricia la déposa avec précaution sur le gazon.

Kelly apparut et vint la rejoindre sur les marches. Patricia bougea, nerveuse.

— Crois-tu que l'herbe soit trop fraîche pour elle? demanda-t-elle en pointant le bébé du doigt pour détourner l'attention d'elle-même.

— Non, non, les bébés sont plus robustes qu'on pense. Viens ici, cochonnette. Regarde bien!

Kelly prit sa sœur sur ses genoux et la souleva gentiment par les chevilles jusqu'à ce qu'elle ait la tête en bas.

— Ne fais pas cela! cria Patricia. Tu vas lui faire mal!

Kelly rit.

— Mais non, je ne lui fais pas mal. Elle adore ça.

Et, en effet, Rose-Marie arquait le dos en souriant à cette nouvelle perspective sur le monde. Tout de même, Patricia fut soulagée lorsque Kelly la remit sur le gazon.

Un tamia fila en travers de la pelouse. Derrière les deux cousines, le ton de la conversation montait, descendait.

— Alors, que penses-tu de Nan? demanda Kelly.

— Oh, ça va... je crois bien. Je ne lui ai pas encore vraiment parlé.

— Peut-être deviendras-tu un de ses petits chéris, comme Trevor. Il est son favori. Elle ne m'aime pas beaucoup.

Elle disait cela d'une voix neutre.

— Pourquoi? ne put s'empêcher de demander Patricia.

— Parce que je suis une sauvage, un garçon manqué et que je ne m'habille pas comme il se doit.

Sa cousine imitait si bien le ton de voix de sa grand-mère que Patricia ne put s'empêcher de sourire.

— Elle vit dans un condo de luxe à Calgary, continua Kelly et, chaque fois que nous y allons, je dois porter une robe, servir le thé à de vieilles dames et l'aider à faire des arrangements de fleurs pour l'église. C'est incroyablement démodé. Christie aime ça;

mais elle, elle est parfois étrange. Ils trouvent tous Nan tellement gentille; et pourtant elle ne l'est pas toujours. Une fois, je lui ai brisé accidentellement un plat ancien et elle a piqué une de ces colères. C'était vraiment bizarre. On aurait dit qu'elle était devenue une autre personne. J'ai pensé qu'elle allait me frapper. Puis, elle a dit une chose drôle... elle a dit que je lui rappelais Ruth.

— Qui? s'exclama Patricia.

— Ruth, ta mère, voyons. La mienne dit que je lui ressemble un peu lorsqu'elle avait le même âge. Mais je te parie que je ne serai jamais aussi belle. De toute façon, qui voudrait l'être? Elle aime vraiment ça, ta mère, être grimée et fagotée tout le temps?

Patricia fut à nouveau sur ses gardes.

— Est-ce que je sais, moi?

— Bon, après tout, c'est ta mère. Décidément, PiPot, t'es vraiment trop susceptible parfois.

Vexée, Kelly reporta son attention sur le bébé.

Rose-Marie s'était mise sur le côté et restait là, échouée comme un blanchon. Puis, d'un seul coup, elle atterrit sur le ventre et sourit de surprise.

— Bravo, cochonnette, tu t'es retournée toute seule!

Elle prit le bébé dans ses bras et se précipita à l'intérieur pour annoncer la nouvelle à sa mère.

○

Au cours des deux jours qui suivirent, Patricia s'arrangea pour ne pas se trouver seule avec Nan. De temps en temps, sa grand-mère lui jetait un regard inquisiteur, curieux, mais elle ne parlait plus d'avoir une longue conversation en aparté. Patricia souhaitait qu'elle eût tout oublié.

La montre lui manquait et elle espérait pouvoir remonter bientôt au grenier pour s'évader dans le passé. Mais cette semaine-là, il lui fut impossible de se trouver seule. Chaque matin, Nan les accompagnait à la plage, s'assoyait sous le parasol, tandis qu'eux suivaient leur cours de natation. Les deux papas étaient retournés à la ville et, chaque après-midi, les mamans entraînaient Nan et les cousins dans une nouvelle excursion. Ils allèrent en voiture jusqu'à la vallée de la Pembina pour cueillir des fraises sauvages, formèrent un train de bateaux avec les deux canots et la chaloupe pour traverser le lac et rendre visite à des amis. Enfin, ils soupèrent ensemble chaque soir sous la présidence toute royale de Nan.

Parfois, elle et tante Ginnie parlaient des étés d'antan. Patricia frissonnait à les entendre parler de choses qu'elle connaissait déjà, par exemple, lorsque sa tante Ginnie craignait tellement d'aller aux cabinets extérieurs que l'un de ses parents devait l'y accompagner et lui parler sans arrêt au travers de la porte pour la rassurer.

— Tu étais vraiment gâtée, dit Nan avec un rire affectueux.

Elle ne faisait jamais allusion à Ruth dans ses histoires.

Une fois, elle montra à ses petits-enfants son album de la famille royale.

— J'en ai vingt-deux, dit-elle fièrement. Un jour, ils auront une valeur. Regarde Maggie, voici le petit prince William avec ses parents.

— Son père a vraiment de grandes oreilles, commenta Maggie.

Oncle Doug et oncle Rod arrivèrent et repartirent avec la fin de semaine. Le lundi, tante Ginnie avait épuisé toutes les idées d'excursion et Kelly, en particulier, désirait reprendre son indépendance.

— Voyons voir... dit sa mère en réfléchissant après le dîner. Qu'est-ce que tu aimerais faire, maman? Nous pourrions marcher jusqu'à l'autre bout de la plage et visiter grand-maman Thorpe.

— Maman, l'interrompit Kelly, pouvons-nous aller finir notre fort? Il y a bientôt une semaine que nous n'y sommes pas allés.

— Kelly, j'aimerais que tu viennes avec nous chez les Thorpe. Tu ne fréquentes jamais leurs enfants; vous ne devriez pas rester constamment entre vous.

Kelly fit un visage de bois.

— Oh, laisse-les donc aller, Ginnie, dit Nan. Je les ai suffisamment monopolisés comme ça. J'irai voir Muriel Thorpe ce soir. Et puis, maintenant, j'aimerais avoir une petite conversation avec Patricia. Tu m'accompagnes à La Maisonnette, Patricia? Et toi, Ginnie, je suis certaine que tu ne détesterais pas demeurer un peu seule.

Tous, sauf Patricia, eurent l'air reconnaissants. Le long de l'allée, elle traîna les pieds derrière sa grand-mère qui, elle, marchait à grands pas vers la maison des invités. Enfin, elle dut se résigner à y entrer avec elle.

Nan brancha la bouilloire électrique et disposa tout ce qu'il fallait pour le thé sur la petite table.

— Je commence à en avoir assez de camper, dit-elle les sourcils froncés en examinant une chope ébréchée. Bientôt, il faudra venir à Calgary pour que je te montre la porcelaine Coalport que ton arrière-grand-mère m'a laissée en héritage.

Patricia ne répondit pas. Elle restait assise, tendue, au bord d'un des deux lits et s'inquiétait au sujet de la montre. Elle était certaine que Nan en parlerait.

Mais ce n'était pas de la montre que Nan souhaitait l'entretenir. Et après coup, Patricia se trouva bien stupide de l'avoir cru. Nan n'avait aucune raison d'établir un lien entre sa petite-fille et cet objet.

Elle commença par parler de leur dernière rencontre.

— Tu étais si grassouillette, dit-elle en riant. Tout comme Ginnie à ton âge. Je ne sais pas comment ta mère a pu faire pour te confier à une gardienne.

— Mais elle était très gentille pour moi, protesta doucement Patricia.

Hannah l'avait gardée jusqu'à ce qu'elle soit en âge d'aller à la maternelle, et plus tard, après l'école. Elle lui racontait des histoires et la faisait participer à la confection des biscuits.

— Gentille ou pas, je ne suis pas d'accord avec cette idée moderne des mères qui travaillent à l'extérieur. Je l'ai bien dit à tes parents, mais nous nous sommes tellement querellés à ce sujet que je ne suis plus jamais retournée les voir. Et chaque fois que j'ai demandé à Ruth de te laisser me visiter, elle m'en a découragée. Les photos, c'est bien beau, mais elles ne remplacent rien. Enfin, te voilà! J'aimerais, Patricia, que nous devenions bonnes amies. Ta mère et moi n'avons jamais eu de très bonnes relations. Ce qui ne nous empêche pas, toi et moi, de tout reprendre à zéro.

Si pour devenir des amies, cela supposait que sa grand-mère allait lui parler comme à une adulte, Patricia n'en voulait rien savoir.

Pas plus que de l'entendre discourir sur de vieilles querelles. Mais voilà que sa grand-mère allait beaucoup plus loin.

— Maintenant, c'est ta propre version que je veux entendre de la triste histoire entre tes parents, enchaîna-t-elle en lui tendant la chope de thé. Bien sûr, Ruth ne veut rien me dire. Mais toi, tu le peux. J'ai toujours eu de la considération pour ton père; c'est un homme sensé, correct. Qu'a-t-elle donc fait pour qu'il parte? Trop tête forte, j'imagine, comme d'habitude.

Patricia était si étonnée qu'elle ne nota même pas que la chope lui brûlait la main. Le ton de sa grand-mère était suffisant, comme si cette dernière avait toujours su que le mariage de Ruth ne tiendrait pas. C'est alors qu'un véritable interrogatoire commença, auquel Patricia ne répondit qu'en marmottant.

— Y a-t-il une raison particulière pour qu'ils se séparent?

— Je ne sais pas.

— Ta mère fréquente-t-elle un autre homme?

— Je ne sais pas.

— Et ton père? Voit-il quelqu'un d'autre?

Patricia s'agita un peu. Ça, ce n'était l'affaire de personne.

— Je n'en sais vraiment rien, dit-elle en élevant le ton.

Nan soupira.

— Ah, Patricia. Sa voix s'était adoucie. Je ne cherche pas à savoir; mais je te le demande parce que Ruth ne me dira jamais rien.

Patricia déposa le thé fade sur la table. Elle avait froid jusqu'aux os et ressentait une crampe à l'estomac.

— Je dois partir, murmura-t-elle. Je ne me sens pas bien.

C'est alors que Nan redevint une grand-mère charmante.

— Bien sûr, ma chère petite. Tu as mal au ventre?

Patricia approuva de la tête et sortit précipitamment de La Maisonnette. Elle courut au chalet, s'engouffra dans la salle de bains et resta assise longtemps sur le siège des toilettes. Puis, elle passa le reste de l'après-midi à frissonner sous l'épais édredon du lit de Kelly.

○

Un coup frappé à la porte vint l'éveiller d'un rêve complexe.

— Patricia? appela tante Ginnie d'une voix inquiète. Tu te sens mieux? Veux-tu te lever et essayer de manger un peu?

Patricia se leva en chancelant. Elle ne sentait plus rien, comme si son corps s'était effacé; comme si elle vivait dans le passé.

Heureusement, Nan soupait chez les Thorpe. Telle une somnambule, Patricia mangea, joua aux échecs avec Maggie.

— J'ai encore gagné! cria haut et fort Maggie. Tu n'es pas très bonne à ce jeu-là, pas vrai, PiPot? Tu veux jouer pour de l'argent?

Patricia entendit Nan monter l'escalier arrière du chalet et baissa la tête sur l'échiquier.

— Bonsoir mes chéris, dit Nan de sa voix sirupeuse. Alors, on passe une petite soirée bien tranquille? Et toi, Patricia, tu vas mieux?

Patricia fit signe que oui, mais elle souhaita aussitôt avoir dit non, puisque cela lui aurait permis de retourner au lit.

Tante Ginnie apporta du chocolat chaud. Au même moment, Kelly et Trevor entrèrent en coup de vent, hors d'haleine et en rigolant.

— Qu'est-ce qui est vert, rouge, jaune, et qui monte et descend? demanda Trevor à sa grand-mère.

— Je n'en ai aucune idée, mon chéri.

— Un cornichon, une tomate et une banane dans un ascenseur.

Le joyeux groupe fit cercle autour du feu. Patricia chercha du réconfort en flattant la tête de Peggy. Une fois de plus, tous étaient joyeux, sauf elle.

— Trevor, tu me rappelles Wilfrid quand tu es taquin comme ça, dit Nan. Il adorait jouer des tours. Une fois, il a changé sa voix et a téléphoné à la maison pour offrir ses services de bonne à tout faire. Maman s'y est laissée prendre jusqu'à ce qu'il lui avoue qu'il aimerait être rémunéré en cigares!

— Qui est Wilfrid? lui demanda Maggie. Je le connais?

Patricia dut entendre à nouveau l'histoire de Wilfrid. Toutefois, au cours des années, celle-ci s'était étoffée. Wilfrid était mort le jour même du mariage. Nan s'attardait sur les détails comme sur une dent douloureuse que l'on tâte avec la langue sans arrêt. Malgré son sentiment de tristesse, Patricia ne pouvait s'empêcher d'éprouver de la pitié pour la vieille femme déçue et sentimentale.

Kelly bâilla sans retenue et tante Ginnie prit un air préoccupé.

— Maman, maman, je crois que le sujet de Wilfrid est épuisé. Et ce qui est passé est passé...

Elle fit un signe de connivence aux enfants.

Mais Nan ne voulait rien entendre. Elle commença à raconter à Maggie, la seule qui écoutait vraiment, l'histoire de la montre que Wilfrid lui avait donnée. Patricia, qui sommeillait, blottie contre le chaud pelage du chien, recommença à avoir mal à l'estomac.

— C'était une Half Hunter en or à 14 carats, dit Nan rêveuse. Son boîtier était muni d'une paroi de verre qui permettait de lire l'heure sans avoir à l'ouvrir. Mais elle est perdue depuis des années.

— Comment a-t-elle été perdue? demanda Maggie.

— Par ma propre négligence, laissa tomber Nan, dont la voix s'éteignit peu à peu.

Trevor plaça une autre bûche dans le feu où elle étincela et crachota en s'enflammant. Au dehors, sur le lac, un huart appela faiblement. Patricia frissonna. Il était en son pouvoir d'effacer l'expression de tristesse sur le visage de Nan; à la condition qu'elle accepte de lui remettre la montre.

— Nan, si tu avais épousé ce gars, lança Trevor pour alléger l'atmosphère, personne d'entre nous ne serait ici en ce moment! Tu n'aurais pas eu oncle Rod, ni tante Ruth, ni maman; nous n'existerions même pas!

— Et quel malheur cela aurait été, dit Nan. Pas de Trevor pour me raconter des blagues. Imaginez. Mais j'ai épousé votre grand-père.

— Pourtant, tu aurais préféré épouser Wilfrid, déclara Kelly, calmement, en regardant sa grand-mère de ses yeux bleus et francs.

— Kelly! gronda sa mère, irritée.

Patricia appréhendait la réaction de Nan. Mais, sa réponse se fit douce.

— C'est vrai, Kelly, que Wilfrid a été mon premier amour, mais ton grand-père et moi avons été heureux. Malgré la différence

163

d'âge, nous avons voulu que notre mariage réussisse. Je ne peux pas en dire autant de celui de Ruth, ajouta-t-elle en reniflant.

Patricia eut un sursaut.

— Maman... avertit tante Ginnie, pendant que Kelly demandait:

— Que veux-tu dire, grand-maman?

— Je parle de la mère de Patricia. Le mariage est une chose sérieuse et...

— Maman! fit tante Ginnie en secouant l'épaule de sa mère. C'est un sujet que nous n'aborderons pas ici!

Mais il était trop tard. Kelly et Trevor tournèrent des visages surpris et étonnés vers Patricia.

Se levant d'un bond, celle-ci fit face à sa grand-mère. La colère la submergeait comme l'eau s'échappe d'une vanne ouverte. Une force qui l'étouffait et cherchait à se traduire en mots.

— Je... je vous déteste! finit-elle par articuler.

Puis elle courut se réfugier dans la chambre de Kelly dont elle fit claquer la porte.

○

Une heure plus tard, Kelly vint la rejoindre et resta allongée quelques instants auprès d'elle en silence. Puis, elle murmura:

— T'en fais pas, PiPot, nous n'en parlerons pas. Maman nous l'a fait promettre.

Sa voix était gentille, mais Patricia en avait assez des promesses. À l'intérieur d'elle-même, sa colère sécrétait une sorte de pouvoir indifférent; il lui était facile de le diriger contre Kelly, et alors, elle refusa de lui répondre.

Lorsque sa cousine se fut endormie, elle se mit à faire des plans. Elle devait remonter dans le temps le plus tôt possible. Là où personne ne connaissait ni ses parents, ni elle-même, là où elle était invisible. Mais elle ne pouvait le faire avant le départ de Nan, c'est-à-dire, le mercredi suivant.

Puis, elle faillit éclater de rire. Elle avait cru ne pas avoir assez de temps pour elle-même au cours de cette dernière semaine, mais elle avait oublié que, lorsqu'elle était dans le passé, pas une seule minute ne s'écoulait dans le temps présent. Elle pouvait s'en aller dès maintenant! Tout ce dont elle avait besoin, c'était de quelques secondes pour remonter la montre.

Mais cette journée avait été si épuisante. Elle était vraiment trop fatiguée pour monter au grenier et la reprendre. Demain matin ferait aussi bien l'affaire. Elle pourrait alors s'en aller pour longtemps. Peut-être même la remonterait-elle suffisamment, et sans cesse, pour ne plus jamais revenir.

12

Au matin, après s'être habillée, tante Ginnie convoqua Patricia dans sa chambre.

— Ta grand-maman ne s'est pas vraiment rendu compte de ce qu'elle disait hier soir. Elle a tendance à divaguer un peu plus ces derniers temps et cela m'inquiète. C'est difficile d'accepter que les gens vieillissent, ajouta-t-elle en soupirant.

Au déjeuner, les autres enfants lui passèrent la boîte de céréales avant qu'elle n'ait eu à le demander et lui laissèrent la prime qui s'y trouvait. Puis, Nan la prit à part et s'excusa.

— Je me suis laissée emporter, ma chérie. Ta mère a toujours eu le don de me mettre dans cet état-là. Et puis je ne savais pas que Ginnie n'avait rien dit aux autres. Pourras-tu jamais pardonner à ta vieille Nannie?

«Je ne te pardonnerai jamais», se dit Patricia, tandis qu'elle baissait la tête pour esquiver le baiser de Nan qui l'attrapait malgré tout à la tempe.

— Je n'ai pas envie d'aller à la leçon de natation, dit Patricia à sa tante d'une voix faible. Je peux rester ici?

— Bien sûr, ma chérie.

Tante Ginnie la regarda avec tant de sollicitude que Patricia eut presque envie de crier qu'on la laisse tranquille.

Un peu plus tard, lorsqu'elle se retrouva enfin seule, elle savoura sa solitude pendant un moment. Elle ne s'était jamais trouvée seule dans le chalet, pas plus au passé qu'au présent. La petite maison, comme tapissée de la présence des nombreuses autres générations, s'accommodait fort bien des deux époques. Patricia se berça dans la chaise de rotin qui craquait, les yeux fixés sur le livre à colorier de Maggie ouvert sur le tapis, les pages retenues par la boîte à crayons de couleur en bois de Ginnie. Cela ne l'aurait pas surprise de voir Ruth et Kelly pénétrer ensemble dans la pièce.

Par contre, elle savait que, pour retourner vraiment dans le temps passé, il lui fallait remonter la montre. Elle se secoua donc et grimpa au grenier.

Une odeur de renfermé lui sauta à la gorge. Le nez irrité par la poussière, elle prit la boîte à chaussures et en sortit la montre. Puis, avec beaucoup de difficulté, elle souleva une fenêtre coincée, s'accroupit tout à côté et aspira goulûment la brise fraîche.

Pendant quelques instants, elle admira la montre. C'était si miraculeux qu'une portion du passé soit dans un simple disque d'or niché au creux de la main. Une pleine poignée de temps! Un temps qui, d'une certaine façon, retenait son attention plus que le sien propre. Quelle chance d'avoir trouvé la montre au moment où elle en avait tellement besoin! Mais comment avait-elle été perdue? C'était un mystère qu'elle aurait bien aimé résoudre.

Elle tourna la couronne du remontoir et écouta le tic tac métallique familier avant de suspendre la montre à son cou. Puis, elle tourna la tête. Il y avait maintenant deux lits défaits au grenier. Des chemises et des chaussettes de garçons traînaient sur le plancher. Elle se demanda comment Gordon et Rodney faisaient pour dormir dans une pièce aussi mal aérée.

D'abord, Patricia ne put se rappeler l'endroit où la montre, en s'arrêtant, l'avait laissée dans le temps passé. Puis elle se souvint de Ruth en train de lire une histoire à Ginnie sur la plage. Elles devaient s'y trouver encore, et être sur le point d'aller dîner. En bas, dans la cuisine, des pas se firent entendre. Elle se glissa le long de l'escalier et trouva la mère de Ruth en train de préparer des sandwiches.

Elle coupait le pain avec dextérité. Patricia la regarda avec aversion, étonnée de sa propre stupidité. Comment avait-elle pu penser qu'elle échapperait à Nan en la laissant au temps présent. Elle avait oublié — et comment l'avait-elle pu? — que Nan appartenait aussi au passé. D'habitude, elle oubliait son propre temps et ses misères dès qu'elle remontait la montre, mais voilà que les yeux perçants de sa grand-mère, beaucoup plus jeune, les lui rappelaient amèrement.

Mais, au moins, dans ce temps passé, Nan ignorait que Patricia était là. Ici, elle ne pouvait l'interroger ou l'embêter, puisqu'elle ignorait jusqu'à l'existence même de sa petite-fille.

Patricia lui tira la langue. Puis, elle alla s'installer sur les marches de l'escalier avant, pour guetter l'arrivée de Ruth.

○

Afin d'être sûre de rester absente le plus longtemps possible, Patricia remonta la montre pour deux jours. Puis plus encore dès que celle-ci s'arrêtait et la ramenait au grenier. Elle s'habitua vite à ces brèves incursions dans le présent. C'était comme se retourner dans son sommeil et ouvrir les yeux un instant.

Un soir, après le souper, elle fut étonnée d'entendre Rodney dire que la famille n'était au lac que depuis une semaine.

— C'est formidable que nous ayons encore deux bons mois devant nous avant la rentrée, disait-il à Gordon.

Tous deux étaient sur la véranda, occupés à nettoyer le télescope. Ruth était penchée sur son casse-tête.

Après un calcul mental rapide, Patricia se rendit compte qu'il avait raison. Une semaine seulement s'était écoulée depuis qu'elle les avait vus jouer au badminton et se quereller. Dans son temps à elle, cela avait été plus long, à cause de tous les jours de visite de Nan au cours desquels elle n'avait pu venir.

— Tout est prêt pour ce soir? murmura Rodney à Gordon.

Ruth leva un regard suspicieux.

— Qu'y a t-il? Qu'est-ce vous préparez pour ce soir?

— Rien, bébé, dit Gordon. Va ailleurs; laisse-nous tranquilles. Tu ne devrais pas être en train d'aider maman à faire la vaisselle, par hasard?

— Elle est faite. À part ça, j'ai autant le droit d'être ici que vous deux.

Les frères de Ruth se contentèrent de sourire, heureux de leur connivence.

Cette nuit-là, Ruth se coucha tout habillée, ne tira pas les rideaux et sembla rester aux aguets.

Patricia bâillait. Elle aurait bien aimé qu'ils aillent se coucher. Ce matin-là, elle avait beaucoup nagé car elle commençait à apprécier l'eau mordante, beaucoup plus froide et propre que maintenant.

Mais Ruth n'arrêtait pas de se retourner dans son lit et de regarder vers la fenêtre. Puis, soudain, elle devint particulièrement attentive, souleva la fenêtre encore plus haut, la rabaissa sur son cran d'arrêt de bois et se glissa à l'extérieur.

Patricia la suivit, craintive. Elle n'était pas très bonne grimpeuse et il lui était difficile de s'élancer dans un arbre et de s'y laisser glisser comme Ruth. Mais elle ne voulait rien manquer et, bientôt, en se hâtant derrière Ruth qui marchait à pas rapides, elle fut piquée par la curiosité et se retrouva complètement éveillée.

Là-haut, les étoiles jalonnaient le ciel. Patricia, tout en courant le long de la route, levait la tête, émerveillée. Elle et Ruth se dirigeaient vers la Réserve.

Bientôt, elles entendirent des rires étouffés. Devant elles, se trouvait un groupe d'adolescents: Gordon et Rodney, deux autres garçons et deux filles.

— Je vous ai trouvés! dit Ruth triomphante.

Patricia éprouva beaucoup de satisfaction à voir le visage incrédule de Rodney.

— Qu'est-ce que tu fais ici? dit-il, fâché.

Gordon, lui, rougit en voyant sa sœur.

— Je pourrais te demander la même chose, dit Ruth. (Elle enfonça les mains dans ses poches et regarda calmement les six silhouettes qui l'entouraient.) Vous allez marauder dans le camp, pas vrai?

— Ruth, tu retournes tout de suite à la maison, ordonna Gordon.

— Tu ne peux pas m'y obliger. Je viens aussi. Et si tu ne veux pas, je dis tout.

— Ça a bien l'air que t'as pas le choix, Reid, dit l'un des garçons.

Il avait les cheveux roux comme ceux des filles; c'était probablement leur frère. Patricia se rappelait avoir vu ces adolescents au magasin: c'étaient sûrement les Thorpe, ceux qui avaient invité Rodney à faire griller des guimauves sur un feu de camp.

— Ah! laisse-la donc venir, dit Tom Turner, l'autre garçon. Il faut quand même du culot pour nous avoir suivis.

Ses frères refusèrent de lui parler, mais, au fur et à mesure qu'ils avançaient le long de la route, les filles se firent plus sympathiques.

— Ça c'est l'aventure! dit l'une d'elles en frissonnant. T'as peur Ruth?

Ruth fit signe que non. Puis, ils se butèrent à un écriteau que Patricia connaissait pour l'avoir déjà vu: LA RETRAITE DE L'ÉGLISE ST. STEPHEN. Sauf, qu'en ce moment, tout était fraîchement peint et que, plus loin derrière, les longs baraquements du camp semblaient presque neufs.

— Qu'est-ce que nous faisons maintenant? demanda en rigolant une fille nommée Barbara.

— Nous allons juste faire une petite peur aux enfants, dit Gordon. Toi, Winnie et Ruth venez avec moi. Paul, Tom et Rodney vous vous occupez du baraquement d'en face. Paul, quand je hululerai deux fois comme un hibou, ce sera le signal. Rodney a tout ce qu'il vous faut. Puis, sauvez-vous! Nous nous rejoindrons au quai des Owen.

— Mais s'ils nous attrapent? demanda Winnie.

— Ils n'ont jamais réussi. Il fait si noir, et même les moniteurs doivent dormir. Quand ils seront bien éveillés, nous serons déjà loin.

Même si personne ne pouvait l'attraper, Patricia fut contente de se retrouver en compagnie de Gordon au moment où le groupe se glissa entre les arbres, jusqu'au baraquement le plus rapproché. Elle se sentait aussi excitée que Ruth.

Gordon fit signe aux trois filles de s'arrêter et leur donna ses instructions d'une voix autoritaire. «Il aime diriger les gens, se dit Patricia, mais il le fait bien. Rodney aime ça aussi, mais il ne sait pas s'y prendre.»

— Quand j'aurai hululé, murmura Gordon, vous commencerez à faire des bruits de revenants et à lancer ces objets par la fenêtre. Ensuite, suivez-moi le plus vite possible.

Il leur tendit des sacs en plastique remplis d'eau et fermés par un nœud. Les quatre silhouettes se hissèrent jusqu'aux fenêtres grandes ouvertes. Patricia jeta un coup d'œil

à l'intérieur et vit une douzaine de corps en-
roulés dans des couvertures. Tendue, elle attendit le signal de Gordon.

— Hou-hou-houuu...

Qui fut répété une deuxième fois.

Les filles reprirent en chœur:

— Houhou...

Le concert à quatre voix flotta dans l'air du
soir et quatre bras lancèrent les sacs remplis
d'eau à l'intérieur de la bâtisse. Une cinquième
voix émit les sons les plus inquiétants, mais
personne ne l'entendit. Patricia s'amusait.
Après tout, n'était-elle pas le plus fantôme de
tous?

Des cris perçants et des coups sourds
leur parvinrent de l'intérieur. Une voix mâle
plus âgée s'écria:

— Qui est là? Arrêtez!

Mais Patricia était déjà en train de courir
avec les autres le long de la route. Ses cheveux flottaient au vent et elle était morte de
rire. Pour la première fois, elle accomplissait
volontairement un mauvais coup. C'était délicieusement agréable.

La voix forte les poursuivit, puis s'éteignit
lorsqu'ils coupèrent au travers des buissons et
aboutirent sur la plage caillouteuse du chalet
des Owen. Ce n'est que lorsqu'ils s'écrasèrent tous sur le quai que Patricia nota l'absence de quelqu'un.

— Ruth n'est pas là! cria-t-elle.

Mais, bien sûr, ils ne pouvaient pas l'entendre. Rodney, Tom et Paul arrivèrent quelques minutes plus tard. Tous se mirent à chuchoter et personne ne releva l'absence de Ruth. «Comme si elle n'existait pas! se dit Patricia. Comme si elle aussi était invisible.»

Puis, Tom finit par dire:

— Hé, Reid, où est ta sœur?

Ils regardèrent aux alentours.

— Ah, non! maugréa Rodney. Je savais bien qu'il ne fallait pas l'emmener.

— C'est une vraie peste, approuva Gordon. J'imagine qu'il va falloir retourner là-bas pour la chercher.

Sa voix avait un ton d'exaspération. «Ils ne s'inquiètent même pas d'elle», se dit Patricia. Elle aurait bien aimé dire leur fait à Gordon et à Rodney.

— Mais nous, nous devons retourner à la maison, s'objecta Paul. Maman a le sommeil léger; elle pourrait se lever et s'apercevoir de notre absence. Et puis, je ne vois pas pourquoi nous devrions tous rester.

Lui et ses sœurs s'évanouirent dans la nuit.

— Tenez-nous au courant, murmura Barbara au moment où ils s'en allaient.

Elle, au moins, semblait s'en préoccuper.

Gordon, Rodney, Tom et Patricia retournèrent d'un pas lourd vers le campement. Rodney semblait inquiet.

— C'est dangereux de trop s'approcher. Elle se cache peut-être dans les buissons et en sortira lorsqu'elle nous verra.

— Ou bien, elle s'est fait prendre, dit Tom en écho aux pensées de Patricia.

Gordon s'arrêta.

— Quelqu'un vient!

Ils eurent à peine le temps de sauter dans le fossé. Un homme d'allure sombre, habillé d'un imper passé sur son pyjama, marchait d'un pas décidé sur la route. D'une main, il tenait une lampe de poche, de l'autre, le bras de Ruth.

— Vous n'avez pas à me tenir comme ça, disait-elle. Je ne vais pas me sauver.

— Tu pourrais bien essayer. Je ne veux pas risquer de te laisser partir avant que nous ne soyons rendus chez tes parents. J'imagine qu'ils ne seront pas trop fiers de voir ce que leur fille manigance au beau milieu de la nuit.

Lorsqu'ils furent passés, les garçons demeurèrent silencieux pendant un moment.

— Eh bien, Turner, toi, au moins t'as de la chance, finit par dire Gordon en soupirant. Tu peux encore rentrer chez toi sans problèmes. Il se leva et enleva les feuilles mortes qui collaient à son pantalon.

— Viens, Rodney, allons faire face au feu d'artifice.

La mère de Ruth passait son temps à la réprimander. Mais cette fois, elle se surpassa. Patricia se rappelait la brève colère de tante Ginnie après l'incident du cheval. C'était une colère saine, directe; celle-ci était différente: comme si la mauvaise conduite de Ruth avait allumé chez sa mère une flamme qui couvait là depuis toujours et n'attendait que l'occasion de flamber hors de tout contrôle.

Elle commença à houspiller sa fille au déjeuner. Gordon paraissait inquiet.

— Calme-toi, maman. Tu vas encore te mettre dans tous tes états.

Colérique, elle lui signifia, ainsi qu'à Rodney et à Ginnie, d'aller à la plage. Puis, elle continua à tempêter.

— Que ma propre fille fasse une telle chose! répétait-elle sans cesse.

La voix cassante de Nan martela si longtemps les mots destinés à sa fille que Patricia eut envie de crier.

— Je n'arrive pas à croire que ma propre fille puisse faire une telle chose! C'est si peu féminin, répétait-elle. Je ne sais plus quoi faire de toi, Ruth. Tu as déjà douze ans et regarde-toi. Tu courailles la nuit et tu te conduis comme une traînée.

— Les autres aussi l'ont fait, murmura Ruth.

Sa mère avait vite découvert qui étaient «ces autres».

— Si ce n'est pas malheureux que les filles Thorpe aient été là aussi. C'est le genre d'adolescente sauvage que tu es en train de devenir. Quant à Gordon et à Rodney, c'est normal pour des garçons de faire les quatre cents coups, mais toi, tu n'avais pas d'affaire à les suivre. J'ai été si humiliée quand cet homme est arrivé hier soir! La prochaine fois, c'est avec un policier que tu risques de nous revenir. Mais je t'assure que je ne le tolérerai pas. Je ne tolérerai pas que ma fille se comporte de cette façon!

Puis, elle passa des événements de la veille au soir à l'ensemble des agissements de Ruth, rapportant des incidents survenus depuis sa plus tendre enfance, jusqu'à maintenant. Mais tout ce dont elle parlait n'était pas si grave que cela.

— Tu crois que, parce que tu es jolie, tu t'en tireras toujours! Mais ce n'est pas le cas, tu verras! Parfois, j'ai envie de gifler ton si joli petit visage!

Ruth avait l'air aussi effrayée que Patricia l'était. Nan, au passé, était bien plus terrible qu'au présent. Cette femme en colère arpentait la salle de séjour comme un fauve en cage. Comme si, dédoublée, elle ne s'appartenait plus.

Puis, dans un effort pour retrouver le contrôle d'elle-même, elle prit une longue inspiration. Elle s'arrêta de crier et envoya sa fille dans sa chambre. Ruth ne devrait pas quitter le chalet de toute la semaine.

Cette nuit-là, Ruth pleura durant de longues heures: des sanglots secs, étouffés, et qui secouaient le lit. Impuissante, Patricia resta allongée près d'elle, des larmes coulant sur son propre visage.

Lorsque Andrew Reid arriva, sa femme lui demanda de parler aux garçons. Il les gronda à peine.

— Alors, on se permet quelques petites folichonneries? Comme l'oncle Wilfrid? Mais vous n'auriez quand même pas dû aller là-bas, vous feriez bien d'envoyer une lettre d'excuses au directeur de LA RETRAITE.

Puis, il prit sa fille à part.

— Tu me désappointes beaucoup, Ruth. Il faut que tu commences à changer tes manières. Tu rends ta mère très malheureuse et tu sais bien à quel point elle peut devenir nerveuse. Personne dans la famille n'arrive à la rendre aussi nerveuse que toi; et cela doit cesser, tu m'as bien compris?

— Mais, papa, je ne fais rien de mal! s'écria Ruth. En tout cas, pas plus que les garçons.

— Mais justement ce sont des garçons — pas toi. Tu devrais comprendre ça. Bon, le sujet est clos. Je ne veux plus en entendre parler.

Il alluma sa pipe et la congédia.

13

L'atmosphère, au chalet des Reid, était désormais si lourde que, lorsque la montre s'arrêta de nouveau, Patricia décida presque de rester dans son propre temps. Mais le présent n'était guère mieux, avec Nan toujours là et l'exubérance de ses cousins qui faisaient paraître, par contraste, ses ennuis plus sérieux.

Et elle ne pouvait abandonner Ruth en ce moment. Celle-ci n'avait personne; Ginnie même l'ignorait la plupart du temps. Elle était vraiment seule, au contraire de Patricia qui — elle éprouva de la gêne en s'en rendant compte — avait tante Ginnie, oncle Doug et, tout récemment, Kelly, désireuse de devenir son amie. «Je n'ai pourtant pas besoin d'eux comme Ruth, elle, a vraiment besoin de moi», se disait-elle, entêtée.

Pourtant, comment aurait-elle pu réconforter Ruth alors que celle-ci ignorait même sa présence? Elle pourrait peut-être lui laisser un message? Mais pour lui dire quoi? (Chère Ruth, je suis ta fille, Patricia...) Non, un petit mot ne ferait que la troubler, ou encore l'inquiéter. Si seulement elle pouvait agir, manifester sa sympathie à la pauvre jeune fille. Elle se sentait inutile. Un sentiment qui lui était familier, mais dont elle était fatiguée.

Pas étonnant que les fantômes soient tristes puisqu'ils sont exclus de la vraie vie. Patricia comprit qu'elle était non seulement un fantôme dans le temps passé, mais dans le présent aussi. Où que ce fût, elle n'arrivait pas à s'échapper.

Au bout d'une semaine, la mère de Ruth lui fit savoir que sa punition était terminée. Son épouvantable colère s'était résorbée et elle était redevenue maîtresse de ses émotions.

Elle commença à parler du bal masqué qui aurait lieu en fin de semaine. Cela remonta un peu le moral de Patricia, car le passé redeviendrait peut-être intéressant.

— Nous devons penser à nos costumes et je crois avoir une idée facile à réaliser, dit Nan. Pourquoi ne pas tout simplement échanger nos vêtements? Je serai papa, et lui sera moi. Gordon et Ginnie pourront échanger les leurs... de même que Ruth et Rodney.

Ginnie éclata de rire.

— Gordie déguisé en moi? Il va mettre une de mes robes? Comment va-t-il faire pour entrer là-dedans?

Au début, les garçons refusèrent carrément de se changer en fille, mais leur mère finit par les en persuader. Ruth, accepta, indifférente. Depuis la terrible scène de sa mère, elle était devenue silencieuse et maussade.

— Alors, c'est décidé. Je vais téléphoner du magasin à votre père, et lui demander d'apporter quelques-uns de nos vêtements de ville.

Le samedi soir, Patricia observa la famille s'apprêter pour le bal. Ginnie s'étouffa tellement de rire qu'il fallut lui taper dans le dos. Et même Andrew Reid s'esclaffa brièvement en s'apercevant dans le miroir. C'était probablement un de ces moments heureux dont tante Ginnie avait déjà parlé. Ce qu'elle ignorait, c'était qu'au moins une personne ne l'avait pas été. Ruth, l'air trop sérieux, endossa rapidement la veste de laine, la large cravate et le pantalon de flanelle grise de Rodney, puis elle se remit à son casse-tête jusqu'à ce que les autres soient habillés.

— Il nous faut une photographie, dit Nan. Où est ton appareil Brownie, Gordon?

Gordon apporta un appareil photographique de forme rectangulaire. Ensuite, ils demandèrent à la voisine, Mme Donaldson, plus jeune alors, de les photographier sur les marches de l'escalier avant. Patricia surveilla l'opération comme si elle l'accomplissait elle-même. Avec un frisson, elle se rappela le soir où tante Ginnie lui avait montré la photo. À ce moment-là, la photo en blanc et noir lui avait paru bien ancienne. Mais maintenant, le groupe familial semblait faire partie d'une pub pleine de vie et de couleurs.

— Je pense que vous allez gagner le premier prix! dit Mme Donaldson. Vous êtes formidables à voir!

Et en effet, ils l'étaient! La blondeur de Rodney s'accordait tout à fait à la robe rose de Ruth qu'il portait, même si ses longs poignets pendaient inutiles, hors des manches. Quant à Gordon, ils lui avaient imaginé un ensemble de petite fille à partir d'une des robes à bretelles de Ginnie, attachée librement autour de sa poitrine et recouverte ensuite de nombreux tabliers. Des tresses de laine pendouillaient sur ses oreilles et il berçait la poupée de sa sœur. Ginnie rigolait, habillée du pantalon de Gordon dont les jambes étaient roulées, et brandissait, toute fière, sa raquette de badminton. Ruth, l'air renfrognée, se tenait entre ses deux frères, perdue dans les vêtements amples de Rodney.

— Je vais peut-être me mettre à porter des robes? Hein, qu'en dis- tu Ginnie? blagua son père. Elles sont vraiment très confortables.

— Pas autant que les pantalons, assura sa femme. Une minute, Sally, ajouta-t-elle. J'ai oublié quelque chose.

Elle s'empressa de rentrer dans le chalet et en ressortit aussitôt en souriant.

— Voilà! Qu'en dites-vous? Après tout, c'est bien une montre d'homme.

Une chaîne en or, dont l'une des extrémités était épinglée au tissu foncé, barrait la veste de son mari. Elle sortit la montre pour la leur montrer, puis la replaça délicatement dans la poche.

— La touche finale! approuva Mme Donaldson. Bon, êtes-vous prêts? Souris, Ruth!

Celle-ci n'en fit rien et la photo fut prise quand même.

○

Patricia ne connaissait pas encore le centre récréatif qui communiquait avec le magasin, construit lui aussi en rondins. Ce soir-là, il débordait de familles bruyantes, toutes costumées. Les enfants Thorpe, drapés de serviettes de bain roses, représentaient *Les Trois Petits Cochons*. Barbara et Winnie taquinaient Gordon et Rodney sur leur robe de fille. Ils en avaient le rouge aux joues, mais Patricia voyait bien qu'ils appréciaient l'attention qui leur était accordée.

À l'une des extrémités de la salle se trouvait une longue table chargée de biscuits, de tartes et de limonade. Dans un coin, deux hommes plus âgés jouaient un air entraînant au violon et à l'accordéon.

— Si seulement, nous avions l'électricité au lac, se plaignit Gordon. Père aurait pu nous rapporter de la ville quelques-uns de mes 33 tours de jazz.

Les gens commencèrent à danser. Andrew Reid dansa la polka avec Ginnie dans les bras, les jambes de celle-ci placées autour de sa taille. Nan invita Rodney, et Gordon, Barbara.

Patricia suivit Ruth jusqu'à la table des rafraîchissements. Celle-ci semblait éprouver de la gêne, ce qu'elle-même ressentait lors de n'importe quelle partie. Par contre, la fête était bien la plus décontractée à laquelle elle eût jamais assisté. Les salutations enthousiastes et les rires le disputaient à la musique. De tout jeunes enfants se faufilaient parmi les adultes et se pressaient autour de la nourriture. Deux chiens, coiffés d'un chapeau, sautaient autour d'eux, excités.

Une femme, dont les dents avaient été taillées dans une pelure d'orange, sourit à Ruth.

— Quelle charmante idée que ces costumes, Ruth! C'est si difficile d'imaginer quelque chose quand on n'est pas à la ville.

— C'est ma mère qui en a eu l'idée, marmonna Ruth.

— Hé, Ruth! dit Tom qui venait de surgir à ses côtés. T'es déguisée en quoi?

— En Rodney, dit Ruth en faisant la moue. La dernière personne que je voudrais

186

être. Il fallait que nous échangions nos vêtements. Mais toi, tu as l'air drôle, ajouta-
t-elle en hésitant.

Tom était déguisé en bébé. Il retenait une
couche fabriquée d'un drap lâche.

— Notre famille représente les quintuplées
Dionne. À cause de ma petite sœur, nous
disposons de nombreux biberons. Tiens,
prends en un petit coup, lui dit-il en lui en
tendant un.

Ruth fit la grimace, mais Tom insista.

— Pouah! fit-elle. C'est pas du lait, ça!

— Oui, oui, c'en est, mais j'y ai ajouté du
brandy.

L'accordéoniste annonça que le concours
commençait. Les uns après les autres, seul
ou en groupes, tous vinrent se présenter à
l'avant-scène.

— Et voilà les Reid... déguisés en Reid!
cria quelqu'un au moment où ceux-ci prenaient la pose.

Ils gagnèrent le troisième prix, derrière une
momie, puis cinq enfants sanglés dans des
uniformes de leur père qui arboraient cette
affiche: COMBATTANTS DE LA FUTURE
GÉNÉRATION.

Enfin, le quadrille débuta. Patricia prit plaisir à voir chaque groupe formé exécuter des
figures compliquées. Elle battait des mains.
«Formez votre compagnie et promenade.»
Les ordres du câleur étaient si étonnants
qu'elle faillit ne pas remarquer Tom qui mur-

murait quelque chose à Ruth placée juste à côté d'elle.

— Écoute, Ruth. Cette soirée est vraiment barbante. Quelques-uns d'entre nous avons l'intention de nous défiler et d'aller sur la plage; tu viens avec nous?

Ruth chercha ses parents du regard. Ils participaient à un quadrille à l'autre bout de la salle. Ginnie était étendue sur un matelas parmi d'autres petits enfants et s'empiffrait de biscuits.

— J'imagine, dit Ruth nerveusement. Mais je devrai être revenue avant que la soirée ne soit terminée; mes parents sont très sévères.

— T'en fais pas, nous ne resterons pas longtemps, l'assura Tom.

Patricia les suivit par une porte latérale. Trois autres couples attendaient dans l'obscurité. L'un était composé de Rodney et de Winnie. Les autres, d'étrangers, mais tous des adolescents.

À la file indienne, ils suivirent le rayon lumineux de la lampe de poche de Tom jusqu'à la grande plage. Deux des garçons ramassèrent des branches et montèrent un feu de camp. Bientôt, ils firent cercle autour.

Tom fit passer son biberon et quelqu'un d'autre, de la bière.

— Je te défends bien de boire quoi que ce soit, dit Rodney à sa sœur. T'aurais même pas dû venir. Tu sais, Tom, qu'elle n'a que douze ans.

— D'abord, je n'aime pas la bière, rétorqua Ruth. Ensuite, tu n'es pas censé en boire non plus; alors ferme-la si tu ne veux pas que je rapporte sur ton compte.

Le plus étonnant, c'est que Rodney la ferma effectivement.

— Où est Gordon? lui demanda Ruth après un certain temps.

— Il est allé à une soirée avec Barbara, de l'autre côté du lac. Père lui a prêté l'auto. Gordon a tout arrangé hier. Il ne m'en a même pas parlé, ajouta-t-il, l'air déçu.

Le groupe, mal à l'aise, était assis autour du feu, presque en silence. L'un des garçons passa son bras autour de la fille assise à côté de lui. Tout un chacun prétendit ne rien voir. Ils toussèrent en fumant une même cigarette passée à la ronde et firent des remarques sur le côté enfantin du bal masqué. Pourtant, leurs voix semblaient remplies d'un vague désir. Patricia était étonnée de leur gaucherie; elle qui avait toujours cru que, dans ce genre de situation, tous, sauf elle, étaient à l'aise.

Sur le lac, un huart émit son rire.

— Il commence à faire froid, dit Winnie en s'enveloppant de sa serviette. Retournons là-bas.

Tout le groupe eut l'air soulagé.

— Au moins, la bouffe est bonne, dit l'un des garçons en montant les marches. As-tu goûté aux petits pains à la saucisse qu'a préparés ma tante?

Devant eux brillaient les fenêtres éclairées aux chandelles. De grosses voix tonnaient:

«Oublions nos problèmes,
Chantons en chœur......»

Influencée par la chaude atmosphère de la salle, Patricia se mit aussi à chanter.

— Personne ne s'est même aperçu de notre départ, dit Tom, satisfait, en enfournant un morceau de tarte.

Ruth, par contre, semblait inquiète.

— Je ne vois mes parents nulle part. Et vous?

Patricia chercha aussi des yeux. Pas de trace des Reid.

— Rodney! appela Ruth. Où sont papa et maman?

Anxieux à son tour, il interpella une femme habillée en gitane.

— Pardon, madame Duffy, auriez-vous vu nos parents?

— Ah, vous voilà vous deux! (La femme prit un air sévère.) Ils viennent tout juste de partir. Ginnie avait la nausée; trop de gâteau, j'imagine. Ils vous cherchaient. Votre père doit revenir vous prendre lorsqu'il aura reconduit Pat et Ginnie. Vous feriez bien de vous mettre en route, leur recommanda-t-elle.

— Ah non, grogna Rodney. Puis, il prit un air résigné:

— Écoute Ruth. De toute façon, je vais avoir des ennuis, alors autant rester. Après, il y a une partie chez les cousins de Winnie. Puisque c'est de toi qu'ils vont s'inquiéter, retourne à la maison et dis-leur que je ne rentrerai pas plus tard que minuit.

Ruth s'indigna.

— Tu fais toujours ça, dit-elle d'une voix sifflante. Je suis blâmée pour tout, alors que tu t'en sortirais même si tu commettais un meurtre. C'est pas juste! Et puis, je ne veux pas m'en retourner toute seule dans l'obscurité. Il faut que tu viennes aussi, Rodney.

Winnie et Tom les avait rejoints et Winnie prit le bras de Rodney. Elle fronçait les sourcils en regardant Ruth comme si celle-ci avait été une petite fille gâtée.

— Je vais t'accompagner, Ruth, offrit Tom. Ça ne me dérange pas.

— T'es un copain, Turner.

Rodney s'éclipsa en compagnie de Winnie avant que son ami n'ait eu le temps de changer d'idée.

Patricia s'empressait derrière Ruth qui, elle, devançait Tom sur la route.

— Je déteste Rodney! Il me traite comme une enfant. Ils le font tous. Prends, par exemple, la descente à LA RETRAITE.

— Qu'est-il arrivé? dit Tom. Tes parents étaient-ils fâchés?

— Ils étaient furieux, surtout ma mère. Mais pas contre Rodney et Gordon — non, mes frères n'ont même pas été punis. Et ce sera pareil ce soir. Elle va me gronder pendant des jours et des jours, mais rien n'arrivera à Rodney.

— C'est parce que t'es une fille. Mes petites sœurs aussi sont traitées comme ça. Mais, tu sais, les filles ont besoin qu'on s'en occupe. Je suis content de ne pas en être une, ajouta-t-il satisfait.

Ruth tourna sur les talons et lui fit face.

— Je n'ai pas besoin qu'on s'occupe de moi! Tu peux t'en aller, Tom Turner! Je suis capable de retourner toute seule à la maison!

— Eh, dis donc, t'es un vrai chat sauvage! pas vrai? dit-il calmement. Calme-toi. Il fait pas mal sombre et c'est moi qui ai la lampe de poche. Tu ferais aussi bien de t'entendre avec moi.

Ils continuèrent à marcher ensemble, mais Ruth l'ignora. Tom sifflait et jouait avec la lampe de poche, projetant le rayon lumineux sur le faîte des arbres ou dans le fossé.

— Il faut faire attention aux mouffettes, dit-il d'un ton neutre. Il y en a beaucoup à ce temps-ci de l'année.

Ruth restait silencieuse. Leurs pas se perdaient dans la poussière molle du chemin. Bientôt, ils entendirent des voix au-devant d'eux et une enfant à la voix flûtée qui chantait la chanson de *Winnie l'ourson et l'arbre à miel*.

— Ce sont mes parents murmura Ruth. Ralentis. Je ne veux pas leur parler maintenant.

Tom dirigea le faisceau lumineux de sa lampe de poche vers le sol. Puis, il s'arrêta.

— Hé... qu'est-ce que c'est que ça?

Un objet brillait sur le bord de la route.

Il fit un pas de côté et se pencha pour le ramasser.

— C'est une montre! Regarde, elle a pas mal de valeur.

Ruth la lui prit des mains.

— C'est à ma mère. Elle la portait ce soir... elle a dû se détacher.

— Mais pourquoi ta mère porte-t-elle une montre d'homme?

— Elle était déguisée en homme, non? Mais c'est tout de même sa montre. Son fiancé la lui avait offerte. Il est mort, et ensuite elle a épousé mon père.

— Donc, elle y tient beaucoup.

— Elle aime cette stupide montre plus que tout au monde, dit Ruth avec rancœur. Plus que...

Sa voix flancha et elle se mit à jouer, pensive, avec la chaîne.

— Alors, elle sera très heureuse que tu l'aies retrouvée. C'est un bon point pour toi.

— Oui, elle va vraiment être désolée, dit Ruth lentement. Elle va vraiment avoir du chagrin.

Le ton étrange de sa voix fit frissonner Patricia.

— Nous y voilà, dit Tom en s'arrêtant à l'entrée des Reid. Tu n'aimerais pas que tes parents me voient, alors je vais te quitter ici. Il s'éclaircit la voix. Je suis désolé que tu sois fâchée contre moi... je t'aime bien. Si je restais ici tout l'été, nous pourrions avoir des activités communes. Mais nous venons de vendre le chalet. Le mois prochain, nous déménageons en Ontario... alors, Ruth, je pense bien que nous ne nous reverrons plus.

Il avait une drôle de voix, surtout depuis que Ruth ne faisait plus attention à lui. Patricia avait de la peine pour l'adolescent. Tom était peut-être suffisant, et il avait des idées plutôt désagréables sur les filles, mais il semblait éprouver une réelle affection pour Ruth. À sa place, elle serait plus gentille avec lui.

Mais Ruth gardait son regard fixé sur la montre.

— Eh bien, bonsoir, dit Tom. J'espère que tu n'auras pas de problèmes.

— Je vais en avoir, dit-elle maussade en finissant par relever la tête. Merci de m'avoir accompagnée, ajouta-t-elle, l'air distraite.

Subitement, Tom la prit par les épaules et l'embrassa sur la bouche. Puis, il s'enfuit le long de la route.

Patricia attendit avec curiosité la réaction de Ruth. Celle-ci, l'air étonnée, se contenta d'effleurer ses lèvres du revers de la main. Puis, elle haussa les épaules et s'engagea dans l'allée.

«Et en avant pour un autre autre sermon»,
se dit Patricia. Elle entendit des voix excitées
qui lui parvenaient du chalet. Nan devait déjà
avoir noté la disparition de sa montre. Mais
elle serait peut-être si contente que Ruth l'ait
retrouvée, qu'elle n'en voudrait plus à sa fille
d'avoir déserté la soirée.

Cependant, Ruth ne se rendit pas au chalet. Elle ouvrit la porte de La Maisonnette et
pénétra dans l'espace sombre et étroit.
Comme Patricia y entrait à sa suite, la voix
d'Andrew Reid se fit entendre.

— Mets Ginnie au lit. Je vais regarder
dans l'allée et ensuite j'irai chercher Ruth.

Ruth restait dans la petite maison, le regard toujours fixé sur la montre qu'elle tenait
au creux de la main. Puis, elle marcha à
petits pas dans toutes les directions et fureta
dans les coins comme à la recherche de quelque chose.

Tout à coup, Patricia se rendit compte de
ce qu'elle s'apprêtait à faire. Elle se rappela la
voix triste de Nan qui leur racontait comment
elle avait perdu la montre, «par ma propre
négligence».

Si elle l'avait perdue, c'était donc que Ruth
ne la lui avait jamais remise.

Ruth s'agenouilla et tâta le parquet. Elle
hésita un peu, fouilla dans ses poches et en
sortit le grand mouchoir blanc de Rodney.
Puis, elle y enveloppa la montre et sa chaîne,
souleva une latte du parquet et plaça délicate-

ment la montre en dessous. Ensuite, elle replaça le tout. Elle leva alors la tête en direction de Patricia, le visage animé autant par la
satisfaction que par la culpabilité.

Sur le chemin du chalet, Patricia dut attendre Ruth qui s'arrêtait aux cabinets extérieurs.
Elle réapparut juste au moment où son père
arpentait l'allée, muni d'une grosse lampe de
poche.

Il en dirigea le faisceau lumineux vers sa
fille.

— Ruth! où étais-tu? Tu vas t'attirer des
ennuis, jeune fille! Ta mère est dans tous ses
états. Elle a perdu...

Patricia n'en entendit pas plus. La minute
suivante, elle était assise au grenier, dans la
lumière du milieu de l'avant-midi.

14

— **A**h, non! Pas maintenant! s'exclama Patricia.

La montre s'arrêtait toujours juste avant le dîner, jamais la nuit. Elle ne devait donc l'avoir remontée qu'à moitié la dernière fois.

D'un geste brusque, elle fit passer la chaîne par-dessus sa tête et garda le chaud disque d'or entre ses mains moites. Ses doigts glissaient sur la couronne du remontoir tandis qu'elle tournait, tournait, tournait... car il lui fallait retourner tout de suite vers Ruth pour voir ce qu'il lui arrivait.

Elle tourna encore plus vite et le mécanisme cliqueta, cliqueta... Puis, son pouce glissa sur l'index et la couronne roula à vide. Il n'y avait plus aucune friction, cela allait dans les deux sens.

Elle l'avait brisée. Quel qu'ait été le mécanisme intérieur, il ne répondait plus au remontoir. Patricia avait beau secouer, frapper le boîtier de métal, l'ouvrir, le faire danser au bout de sa chaîne, le porter à son oreille dans un geste désespéré, la montre s'était bel et bien arrêtée.

Elle dévala les marches du grenier jusqu'à la cuisine. Il y avait bien là la cuisinière, le frigo et la porte menant à la salle de bains. Le soleil embrasait les fenêtres et se réfléchissait dans la bouilloire électrique de métal.

Patricia se précipita jusqu'à La Maisonnette. C'était bien la même petite maison, avec les choses de Nan disposées proprement sur la commode et la chaise. Un maringouin vint chigner dans l'air stable. Le parquet, sous lequel elle venait tout juste de voir Ruth cacher la montre, était scellé par les tout nouveaux carreaux posés par oncle Doug.

«Oh, je t'en prie, ramène-moi dans le temps!» implora Patricia en secouant la montre de nouveau. Mais quelque chose cliqueta à l'intérieur et elle dut se rendre à l'évidence: elle était bel et bien brisée.

Elle se précipita dehors, courut jusqu'à la plage, se glissa sous le canot, s'étendit sur les cailloux frais, et pleura.

Jamais plus elle ne reverrait Ruth. Jamais plus, elle ne saurait ce qu'il lui était arrivé cette nuit-là, ou pour le reste de l'été. Et jamais plus elle ne serait autant en sécurité, aussi invisible et aussi libre qu'elle l'avait été. L'aventure se terminait et la personne dont elle avait été le plus près de toute sa vie, la

Ruth inquiète, la Ruth rebelle et pleine d'esprit, ne reviendrait plus.

Au bout d'un certain temps, Patricia cessa de pleurer et réfléchit au geste vengeur de Ruth. Elle était tellement sûre que Ruth rendrait la montre pour regagner l'affection de sa mère. Elle-même avait éprouvé de tels sentiments colériques envers Nan, mais cette cruauté délibérée de Ruth l'étonnait encore. Elle se demandait bien pourquoi celle-ci n'avait pas tout simplement caché la montre pendant quelques jours et ensuite prétendu l'avoir retrouvée. Sa mère en aurait été si reconnaissante qu'elle aurait sans doute oublié tous les manquements de sa fille et leurs difficiles relations en auraient été améliorées. Elle se demandait encore si Ruth ne s'était jamais sentie coupable au cours des années qui avaient suivi sa décision. Elle-même, du seul fait d'être au courant, en éprouvait du remords.

La longue journée finit par s'écouler et la famille parla du départ de Nan qui aurait lieu le lendemain. Patricia garda la montre cachée sous ses vêtements et commença à s'interroger. Devait-elle la remettre, oui ou non, à sa grand-mère. Désormais, elle ne lui était plus utile. En faisant ce geste, elle contribuerait peut-être à de meilleures relations entre Nan, elle et sa mère?

Pourtant, Ruth avait choisi de ne pas le faire. Se devait-elle de respecter ce choix?

Par contre, la montre appartenait bien à Nan... Cette nuit-là, étendue sous l'édredon, elle repassa toutes les données du problème et s'agita.

— Tu m'empêches de dormir, se plaignit Kelly d'une voix ensommeillée.

— Excuse-moi.

Patricia s'efforça de rester étendue sur le dos, la montre reposant en travers de sa poitrine sous sa chemise de nuit. Des larmes lui vinrent aux yeux quand elle repensa à tout ce que l'objet représentait pour elle: le passé perdu qu'il contenait, l'impossible décision qu'il semblait lui suggérer.

— Pourquoi pleures-tu Patricia?

Kelly s'assit et regarda attentivement sa cousine. Patricia n'essayait même plus de retenir ses larmes. Son corps tressautait et elle reniflait bruyamment.

— Tu veux que j'aille chercher maman?

Patricia fit signe que non.

— Bon, alors, je vais te chercher un papier-mouchoir.

Kelly sortit à pas feutrés de la chambre et revint avec une poignée de papier hygiénique.

— Désolée; il n'y a plus de papier-mouchoir. C'est à cause de tes parents, n'est-ce pas? T'en fais pas, Patricia, tout va s'arranger.

Kelly tapota sa cousine dans le dos aussi fort que s'il s'agissait de la croupe de Peggy.

Patricia se moucha et plaça le paquet de papier hygiénique sous son oreiller.

— Me-er-ci, murmura-t-elle en ravalant le reste de ses larmes. Je vais bien maintenant.

Kelly eut l'air soulagée et s'installa pour se rendormir.

Lorsqu'elle pensa pouvoir le faire en toute sécurité, Patricia se laissa aller de nouveau à pleurer, mais les larmes ne lui vinrent plus aussi facilement. Elles se tarirent comme une baignoire se vide. Une partie d'elle-même se disait que, pour la première fois, Kelly ne ~~l'aur~~ait pas appelée PiPot.

○

Nan partit sans que Patricia ne se soit résolue à lui remettre la montre. Il n'était pas encore temps. Elle essaya de contrer son sentiment de culpabilité en se disant qu'elle n'était vraiment pas responsable de cette perte; c'était Ruth qui l'était. Cela pouvait attendre. À la fin de l'été, elle la donnerait peut-être à tante Ginnie pour que cette dernière la rende à sa mère. Mais en ce moment, le passé lui manquait trop pour qu'elle la laisse aller, l'objet représentant tout ce qu'il lui en restait. Et puis, elle espérait toujours que la montre se remette à fonctionner.

Lorsque Nan entoura de ses bras le corps raide de sa petite-fille, Patricia se rappela tous ses griefs à son égard et elle fut satisfaite de ne pas lui avoir remis la montre; de cette façon, elle participait un peu à la vengeance de Ruth.

— Ma chère Patricia, chantonna Nan. Je regrette que nous ne soyons pas devenues des amies, mais ce n'est que partie remise, n'est-ce pas? L'été prochain, j'insisterai pour que tu me rendes visite, surtout lorsque ta mère sera seule. Cela la soulagera.

— L'été prochain, je serai inscrite à un cours spécial, mentit Patricia.

Oncle Doug fit démarrer la voiture et tous saluèrent de la main.

— Au revoir Nan! cria Trevor en courant le long de la voiture.

Son départ fut un soulagement. Même tante Ginnie sembla s'en accommoder.

— J'aime beaucoup voir votre grand-maman, confia-t-elle à Kelly et à Patricia qui l'aidaient à défaire le lit dans La Maisonnette, mais je crois qu'elle ne se plaît plus autant au lac. Elle n'apprécie plus la vie sans cérémonie que nous aimons ici.

— Ça c'est sûr! Une fourchette pour la crème glacée! dit Kelly dédaigneusement.

Chaque soir, Nan avait insisté pour que Kelly ajoute au couvert de chacun une fourchette et une cuiller pour le dessert.

— Là, là, Kelly, gronda sa mère, elle ne peut s'en empêcher. Quand les gens vieil-

lissent, ils tiennent à leurs habitudes. C'est une bonne personne et elle vous aime tous beaucoup.

— Quand même, Patricia et moi sommes bien contentes qu'elle soit partie, pas vrai?

Kelly entraîna Patricia à sa suite avant que tante Ginnie n'ait pu la gronder.

○

Au cours des deux semaines qui suivirent, Patricia fut assommée par le chagrin. La peine d'avoir perdu Ruth ainsi que le temps passé était si aiguë qu'elle ne semblait bouger qu'avec précaution de peur de la réveiller. Une fois, elle pensa faire réparer la montre, mais il n'y avait aucun bijoutier ou horloger inscrit dans le mince annuaire téléphonique de la petite ville. Elle finit par perdre espoir de jamais la voir remarcher et la rangea au grenier.

La mine triste, Patricia traînait à la suite de ses cousins occupés à terminer leur fort, à entreprendre la construction d'un radeau. Ce ne fut pas avant le début d'août, alors qu'elle était étendue sur le ventre sur l'appontement de l'oncle Rod, occupée à entendre les autres taper du marteau derrière elle, qu'elle prit conscience d'être enfin acceptée par eux.

Plus personne ne faisait danser de petits animaux au bout de son nez. Plus personne ne l'appelait PiPot. Lorsque Maggie l'avait fait la dernière fois, Kelly lui avait dit de ne plus utiliser ce prénom stupide parce que ça déplaisait à Patricia. La petite fille s'était rabattue sur le diminutif Pat.

Ils avaient pitié d'elle. Patricia était certaine que Kelly avait parlé de ses parents à Bruce et à Christie et que c'était pour cette raison qu'ils étaient si gentils et si patients à son égard. Elle devait bien admettre qu'elle ne leur avait pas rendu la pareille; se contentant d'observer, comme d'habitude. Mais personne ne semblait s'en préoccuper outre mesure. Ils la traitaient comme un objet précieux, ou une infirme que l'on doit ménager.

«Je vais très bien, se disait Patricia, mécontente. Ils n'ont pas à prendre tant de précautions.» Elle se leva et chassa les moustiques qui tournoyaient autour de son visage. Trevor ahanait en déplaçant les planches, qu'il clouait ensuite à un madrier installé dessous à l'horizontale. La chair de son dos brun et gras tremblotait à chaque coup donné.

Patricia alla vers lui.

— Tu veux un coup de main?

— Bon sang, oui! Il fait chaud!

Trevor lui tendit le marteau et plongea dans le lac.

Patricia se mit à clouer en adoptant fidèlement le rythme de Kelly et de Chistie occupées elles aussi à l'autre bout du radeau. C'était encourageant de faire quelque chose et de voir le radeau prendre forme au fur et à mesure qu'elles ajoutaient des planches.

— Et voilà!

Kelly s'assit et essuya son visage dégoulinant de sueur.

— Formidable, Patricia! Il ne nous reste qu'à trouver des chambres à air pour le faire flotter.

Elle fit un sourire à sa cousine qui le lui rendit timidement.

15

C'est alors que débuta, pour Patricia, l'unique période calme de l'été. Le passé et l'avenir la préoccupaient beaucoup trop pour qu'elle puisse s'y attarder: elle ne pouvait penser à Ruth sans en avoir le cœur brisé et elle préférait ne pas songer à ce qui l'attendait à Toronto. Il lui était donc plus facile de se contenter d'exister au présent.

Elle et Kelly étaient maintenant des amies. Patricia admirait les idées bien arrêtées de sa cousine sur à peu près toutes choses, depuis le Mouvement pour la paix jusqu'à la façon de diviser un «popsicle» sans le briser. Kelly avait même écrit au Premier ministre pour lui faire part de ses préoccupations concernant la guerre nucléaire.

— À propos de désarmement, lui dit Patricia, ma mère a préparé une série spéciale pour la télévision.

— Je l'ai vue. Mais je ne t'en ai pas parlé... avant.

«Avant que nous ne soyons amies», pensa Patricia.

— Je suis désolée que nous ayons été si moches envers toi à ton arrivée, lui dit Kelly, embarrassée. Mais tu étais si orgueilleuse. Nous avons cru que tu ne nous aimais pas.

— Mais je croyais que c'était vous qui ne m'aimiez pas!

— Ah! Et puis j'étais mécontente que nous n'ayons pas de voilier. J'imagine aussi que nous ne t'avons donné aucune chance, fit Kelly en souriant à sa cousine. Mais à présent, nous nous connaissons. Nous sommes cousines, pas vrai? Et nous le serons toujours.

Elles bavardèrent jusqu'à une heure avancée de la nuit. Kelly lui raconta à quel point ses amis, dont les parents étaient divorcés, menaient une vie intéressante.

— Parfois je me dis que c'est bien ennuyeux d'avoir une famille si ordinaire.

Patricia ne semblait pas très convaincue, mais elle appréciait son effort d'encouragement.

Elles parlèrent si tard dans la nuit que tante Ginnie menaça de les séparer, tout en ayant l'air de comprendre. Les tantes et les oncles de Patricia ne tarissaient plus d'éloges sur son compte.

— Le lac lui a fait du bien, avait dit sa tante Karen. C'est une enfant complètement différente.

Il arrivait toutefois à Patricia de se glisser encore au grenier et de tester la montre. Mais, celle-ci était réellement brisée. Elle retourna même au court de badminton, l'oreille aux aguets, pour voir si elle n'entendrait pas le cri de protestation de Ruth:

— Ce n'est pas juste!

Pourtant, l'espace en friche resta silencieux.

Chaque matin du mois d'août apportait un ciel bleu. À midi, il faisait chaud, mais les soirées étaient fraîches et sans cette lourdeur humide que Patricia connaissait à Toronto. Les leçons de natation étaient terminées et, à part les repas, il n'y avait rien d'organisé. Les cousins se tenaient à l'extérieur le plus possible, au fort ou à la plage. Les cheveux de Patricia finirent par lui tomber dans les yeux, sa peau devint brune et la plante de ses pieds aussi cornée que celle de Kelly. Elle ne craignait plus les sangsues ou les algues, elle savait pagayer et elle pêcha une autre truite. «Je commence à être aussi bonne qu'eux», constatait-elle.

Néanmoins, ses cousins continuaient à vouloir la protéger.

— Je t'avertis, Patricia, tu n'aimeras pas ça, lui dit Bruce qui lui montrait son élevage de vers.

— Patricia n'est pas obligée de faire comme nous, suggéra Kelly, alors qu'ils rivalisaient d'audace pour plonger du plus haut tremplin d'un radeau de la grande plage.

Ce dont elle leur était reconnaissante, car elle n'avait pas toujours le courage de les suivre. Tout ce qu'elle espérait était de gagner leur respect et leur sympathie.

Un jour, après le dîner, tante Karen entra en coup de vent par la porte arrière du chalet des Grant.

— Bruce s'est blessé au pied avec une hache! Ça saigne beaucoup. Ginnie, peux-tu nous conduire à l'hôpital de Stony Plain? Ah, si seulement Rod était ici!

Tous se précipitèrent dans l'allée. Bruce était étendu sur la banquette arrière de la voiture. Christie, assise à ses côtés, pressait une serviette déjà imbibée de sang sur son pied. Il les regarda faiblement et s'efforça de sourire.

— Bon sang, qu'il est rouge!

— Oh, B-Bruce... se lamenta sa sœur.

— Christie, laisse ta mère s'occuper de cela, dit tante Ginnie.

Tante Karen prit son fils dans ses bras.

Et tante Ginnie tendit le bébé à Kelly.

— Maggie, cours chercher mon sac à main. Maintenant, écoutez-moi bien, les aînés. Nous serons probablement absentes jusqu'à l'heure du souper. La préparation de lait pour Rose-Marie est dans l'armoire à côté de l'évier. Vous ne devriez pas avoir de problèmes, mais dans le cas contraire, allez chercher Mme Donaldson. Il y a tout ce qu'il faut pour souper... Je suis certaine que vous vous débrouillerez très bien.

Maggie revint avec le sac.

— Tu dois bien écouter Kelly, lui dit sa mère.

Elle se mit au volant et recula dans l'allée. Peggy suivit en jappant et en glapissant.

Les yeux de Rose-Marie s'agrandirent à la vue de sa mère qui s'éloignait. Puis, elle ouvrit tout grand la bouche et sembla prendre une profonde inspiration.

— Oh la la, dit Kelly, inquiète, en la faisant sautiller.

Car le cri mettait une éternité à sortir. Et lorsqu'il arriva, il perça les tympans de Patricia. Puis, les cris se firent de plus en plus réguliers et le visage du bébé devint cramoisi.

— Emmenons-la à l'intérieur.

Les autres suivirent Kelly et s'écrasèrent autour du bébé, alors qu'il continuait à se tordre et à hurler.

— Fais quelque chose, dit Trevor à l'endroit de sa sœur en se bouchant les oreilles. C'est toi la responsable ici.

Kelly fit sauter le bébé plus haut.

— Je ne sais pas quoi faire! Elle ne pleure jamais comme ça.

Christie, assise dans un coin, pleurait elle aussi pendant que Maggie apportait au bébé tous ses jouets et les lui agitait devant le visage.

Patricia observa la scène jusqu'à ce qu'elle n'y tienne plus. Alors, elle prit une longue inspiration et se leva.

— Arrête, Maggie. Tu ne fais qu'empirer les choses. Donne-la-moi, Kelly.

Celle-ci eut l'air surprise, mais elle la lui remit quand même avec soulagement.

— Va faire chauffer un peu de lait, dit Patricia avec autorité en entourant Rose-Marie de ses bras et en essayant de maintenir le petit corps secoué par les sanglots.

Kelly eut l'air embarrassée.

— Comment?

Patricia les emmena à la cuisine et indiqua à Kelly ce qu'il fallait faire.

Celle-ci ouvrit la boîte de lait et la fit chauffer à feu doux dans une casserole. Trevor aida à le verser dans un biberon. Mais Rose-Marie n'en voulut pas. Elle rejeta la tétine et se mit à crier de plus belle.

— Elle n'a pas faim, dit Patricia. Et d'ailleurs, ta mère vient tout juste de la sevrer; elle n'a pas l'habitude du biberon.

— Allez chercher Mme Donaldson, supplia Trevor.

— Elle n'est pas là, dit Maggie. J'en reviens.

Les autres observaient Patricia qui essayait tout ce qu'il lui venait à l'esprit. Elle vérifia l'état de la couche du bébé, l'emmena à l'extérieur, le promena de long en large et même chanta. Rien n'y fit.

— Je t'en prie, arrête-toi, suppliait-elle tout bas dans son cou, toute proche des larmes elle-même.

Pourtant, elle fit l'effort de penser claire-
ment. Qu'est-ce qui rendait Rose-Marie heureuse d'habitude?

— Je sais! Faites couler un bain, vite! Pas
trop d'eau, et pas trop chaude non plus.

Elle déshabilla le bébé alors que Kelly ouvrait les robinets et vérifiait le degré de chaleur de l'eau. Puis, prenant le bébé avec précaution sous la nuque et les chevilles, comme
le faisait tante Ginnie, elle la déposa dans l'eau.

Ce fut un miracle. Dès qu'elle sentit l'eau
tiède, les cris de Rose-Marie se changèrent
en hoquets. Puis, un merveilleux silence
s'établit. Enfin, elle agita les bras et les
jambes et commença de sourire.

— Patricia, t'es géniale! s'étonna Kelly.
Comment y as-tu pensé?

Elle arrosa le petit ventre rond de sa sœur
et Rose-Marie se mit à rire.

— Eh bien, je savais que Rose-Marie adorait prendre son bain. Alors, j'imagine qu'elle
n'avait besoin que d'être distraite.

Ils la gardèrent dans le bain le plus longtemps possible, puis l'habillèrent avec appré-
hension, terrifiés à l'idée qu'elle puisse se remettre à pleurer. Mais Rose-Marie était épui-
sée et elle ferma les yeux dès que Patricia la
berça un peu.

Patricia la déposa avec précaution dans sa
couchette et ferma la porte.

— Ouf! dit-elle en s'écrasant dans la berceuse.

Tous ses cousins la regardaient avec respect et curiosité. Tous, sauf Christie qui pleurait toujours.

— Pauvre, pauvre Bruce! Que va-t-il lui arriver s'il perd son pied?

Patricia essaya de se faire rassurante.

— Écoute, Christie — et vous tous. J'ai une idée. Préparons-leur un souper spécial. Il y a un poulet dans le frigo. Je l'ai vu.

— Mais nous ne savons pas comment faire cuire un poulet! dit Kelly.

— Moi, je le sais. J'en ai fait cuire souvent à la maison. Et nous ferons aussi des pommes de terre bouillies, des haricots verts, une salade et une crème au chocolat. Vous pouvez tous m'aider.

Christie cessa de renifler lorsqu'en compagnie de Trevor, elle se mit à éplucher les pommes de terre. Patricia fit une farce au pain, demanda à Kelly de préparer les haricots et à Maggie de cueillir des fleurs pour la table. Elle n'en revenait pas qu'on la laisse prendre des initiatives si facilement.

Lorsqu'elle eut mis le poulet farci au four, Rose-Marie se réveilla. Patricia la fit boire tandis qu'elle indiquait à Kelly comment faire le dessert au chocolat:

— ...et maintenant, brasse jusqu'à ce que ça épaississe, dit-elle enfin.

— Mais pourquoi tu ne nous as pas dit que tu savais faire la cuisine?

— C'est mon père qui m'a appris. J'ai déjà essayé de t'en parler.

L'époque du canot semblait maintenant si loin.

— En tout cas, c'est un super bon professeur, puisque t'es aussi bonne que maman!

Patricia rougit. Elle souleva Rose-Marie, l'appuya contre son épaule et la fit roter en se sentant aussi en paix que le bébé.

Quelques heures plus tard, les deux tantes entrèrent dans la cuisine; Bruce entre les deux. Son pied était proprement bandé et son t-shirt maculé de crème glacée.

Christie se jeta dans les bras de tante Karen.

— Rassure-toi, tout va bien, dit celle-ci en riant.

— La plaie a nécessité quelques points de suture, mais nous croyons qu'il va survivre, dit tante Ginnie en prenant le bébé dans ses bras. Mais quel est donc ce fumet? Karen, regarde ce qu'ils ont fait!

— Je vous en prie, venez vous asseoir à table, dit solennellement Maggie.

Elle les conduisit à leur place, marquée chacune d'une petite carte qu'elle avait décorée elle-même. Bruce était à la place d'honneur, sa chaise couverte de rubans et de fleurs.

Kelly, Christie et Trevor apportèrent les légumes qu'ils avaient gardés au chaud dans le four de la cuisinière. Patricia déposa le poulet à la peau brune et croustillante devant sa tante.

— Il faut que tu le découpes parce que j'ignore comment le faire, dit-elle timidement.

Elle déposa une saucière à côté.

— Vous êtes de merveilleux enfants, s'exclama tante Karen. Comment avez-vous fait tout ça?

— C'est Patricia, dirent-ils en chœur. Et elle a réussi à arrêter Cochonnette de pleurer, ajouta Kelly. Elle est formidable!

Patricia regardait les visages entourant la table, alors qu'ils levaient leur verre de soda au gingembre à sa santé.

«Voilà ma famille, se dit-elle. Je suis à ma place ici.»

○

Cette fin de semaine-là, on fêta l'anniversaire d'oncle Doug et les deux familles organisèrent un barbecue sur la plage. Le repas, planifié par tante Ginnie et Patricia, fut grandement apprécié.

— Merci pour ce magnifique festin, dit oncle Doug.

Il grattait doucement sa guitare, tandis que les enfants, étendus sur le dos, frottaient leur estomac bien rempli. Ils espéraient voir des étoiles filantes.

— C'est la meilleure époque de l'année pour les voir, dit Bruce. Les météorites de la constellation de Persée, pas vrai, papa?

— Je n'en suis pas sûr, mon garçon, dit son père d'un air perplexe. Il faudrait que ton oncle Gordon soit ici; il en connaît un bout sur les étoiles. Nous avons déjà eu un télescope, mais il l'a emporté à Victoria.

— Voilà le Scorpion, indiqua Patricia. Vous voyez sa queue?

Oncle Rod la regarda, surpris.

— Tu es vraiment étonnante! Comment as-tu appris cela?

Patricia haussa les épaules et osa lui rendre son regard curieux.

Maggie avait posé la tête sur les genoux de sa mère et chantait:

«Scintillante étoile, scintillante étoile,
Première étoile que je vois ce soir,
Viens donc exaucer mon vœu...»

Elle ferma les yeux bien fort.

Patricia décida aussi de faire un vœu. Cela lui prit quelques minutes pour en choisir un. Elle pouvait souhaiter que ses parents ne divorcent pas; mais elle savait très bien qu'ils le feraient, et même qu'ils le devaient. Ce qu'elle souhaitait vraiment n'arriverait sans doute jamais, mais cela valait la peine d'essayer.

«Je voudrais revoir Ruth», se dit-elle.

— Là, il y en a une, s'écria Bruce.

Patricia ouvrit les yeux et vit un tracé lumineux glisser dans l'obscurité. Bientôt, tout le ciel de nuit fut rayé de filaments argentés.

— *Scintillante étoile, scintillante étoile, Douzième étoile que je vois ce soir...* chantonna Maggie.

Et tous de grogner.

— Ne pourrais-tu pas t'arrêter un peu, Maggie, lui demanda oncle Doug. Ce n'est que la première étoile qui compte.

— Comment le sais-tu? lui rétorqua celle-ci.

Son père dut bien admettre qu'il ne le savait pas.

— Elle souhaite probablement recevoir de l'argent, dit Trevor.

Un regard furieux de Maggie lui confirma qu'il avait raison.

Patricia piqua une autre boule de guimauve sur son bâton, Kelly et Christie cherchaient à savoir laquelle des deux obtiendrait le plus de couches fondantes sous la première croûte noircie, mais elle préférait faire griller les siennes le plus également possible, comme elle l'avait vu faire à Ruth.

— *...treizième étoile que je vois ce soir...*

La voix de Maggie s'estompait au fur et à mesure que ses yeux se fermaient.

— Que ferez-vous les jeunes quand vous serez grands? demanda oncle Rod.

— Je serai avocate et je pratiquerai le droit, comme grand-papa Reid, s'empressa de dire Kelly.

— Je deviendrai dresseuse de chevaux, renchérit Christie.

Bruce regarda son pied et annonça qu'il serait peut-être médecin. Trevor bâilla tranquillement:

— Qui sait?

— Évidemment, Maggie sera riche, dit oncle Rod en riant sous cape. Et que fera notre petite amie torontoise?

Patricia essaya de ne pas marmonner.

— Je pourrais peut-être ouvrir un restaurant?

— Miam, miam! Tu réussirais certainement, dit Kelly.

— Ou peut-être...

Patricia s'arrêta, rougissante.

— Oui, dit tante Ginnie sur un ton encourageant.

— J'aimerais peut-être avoir des enfants, dit-elle doucement.

Une chose que Patricia avait envisagée dès qu'elle avait aperçu Rose-Marie.

Kelly protesta.

— Mais tu peux faire mieux, beaucoup mieux que cela, idiote. Tu peux faire carrière aussi. Regarde ta mère. Elle réussit très bien et elle t'a eue aussi.

— Oui, j'imagine...

Patricia songeait à ce jour où sa mère et elle avaient contracté la grippe en même temps. Comment elles s'étaient fait l'une à l'autre la lecture et avaient regardé la télévision dans le grand lit... comme c'était relaxant de ne pas avoir, pour une fois, un horaire quotidien serré.

−Fais du feu dans la cheminée... se mit à fredonner oncle Doug.

La famille se joignit à lui. Patricia, appuyée contre tante Ginnie, reprit doucement le refrain.

−Fais du feu dans la cheminée, je reviens chez moi...

«Mais moi, je ne veux pas retourner à la maison», se dit-elle. Il ne restait que deux semaines de vacances. Elle voulait que le temps s'arrête, rester au lac pour toujours, sur cette plage, où un jour sa mère s'était assise aussi.

Trevor et Christie s'étaient endormis. Leur père les fit se lever et tous montèrent les marches jusqu'au chalet.

— Patricia, ma chérie, veux-tu m'attendre quelques minutes? lui demanda tante Ginnie.

Elle alla coucher Maggie, et remercia Mme Donaldson qui, avec son tricot, était venue surveiller Rose-Marie.

Patricia restait assise, rêveuse, sur la véranda, en écoutant la triste tyrolienne du huart. Tous étaient allés se coucher. Tante Ginnie finit par venir la rejoindre.

— Cet après-midi j'ai appris une nouvelle emballante et je voulais que tu sois la première à en être informée, lui dit sa tante, dont les yeux brillaient. Ne devines-tu pas?

Patricia secoua la tête, intriguée.

— Il s'agit de ta mère; elle vient nous rendre visite. Elle dit qu'elle a quelque chose d'important à te communiquer. Dimanche, elle prendra l'avion pour Edmonton. Tu pourrais aller la chercher à l'aéroport avec ton oncle. Ce sera tellement agréable de l'avoir ici après tant d'années!

Tante Ginnie continua à babiller tandis que Patricia restait plongée dans un silence stupéfait, incapable de prononcer un mot.

16

— **T**a mère est une vedette de cinéma? demanda Maggie.

Trevor attrapa au vol une assiette qu'elle allait laisser échapper.

— Idiote! Elle est à la télé, pas dans les films. Nous n'arrêtons pas de te le répéter, Maggie. Mais elle est quand même célèbre, pas vrai, Patricia?

Ils lavaient la vaisselle du dîner. Ils entendirent arriver la voiture d'oncle Doug ramenant la mère de Patricia. En fin de compte, celle-ci avait décidé de ne pas se rendre à l'aéroport.

— Je comprends, avait dit tante Ginnie pour la mettre à l'aise. Les aéroports sont si impersonnels... tu préfères sans doute la rencontrer ici.

Elle semblait croire que Patricia s'entendait aussi bien avec sa mère que Kelly avec elle.

Ayant l'impression d'être coupable, Patricia essayait de justifier à ses propres yeux l'ennui que lui causait la visite de sa mère. Cela gâchait tout. Sa venue marquait la fin d'une courte période où elle avait été presque heureuse; et aussi celle de l'été.

Elle se demandait comment sa mère avait pu se libérer de son horaire chargé. Et de quoi voulait-elle bien lui parler? Ses parents avaient dû s'entendre sur des choses aussi peu réjouissantes que le droit de visite, une réalité dont devaient s'accommoder les amis de Kelly, enfants de familles désunies. Ce serait tellement embarrassant d'aborder le sujet.

Ils entendirent les jappements joyeux de Peggy, ceux qui semblaient dire: «Ma voiture est là!»

— Laissez là la vaisselle, dit une tante Ginnie toute souriante qui traversait la cuisine en courant, Rose-Marie dans les bras. Ils sont arrivés!

Patricia s'avança en traînant les pieds. Elle vit une grande et élégante silhouette, habillée impeccablement d'un tailleur de toile beige, descendre de voiture et embrasser tante Ginnie sur la joue.

— Voici tes nièces et ton neveu! cria-t-elle d'une voix un peu plus pointue et nerveuse que d'habitude. Et voilà Patricia!

Tous s'écartèrent pour laisser passer Patricia.

— Bonjour maman, dit-elle à voix basse.

Elle attendit qu'on l'embrassât.

224

— Bonjour, ma chérie!

Sa mère se pencha pour lui donner un court baiser. Puis, elle la considéra pendant un moment. Patricia se raidit sous le choc. Elle était en train de regarder dans les yeux gris de la jeune Ruth. Des yeux qui, par ailleurs, étaient soigneusement maquillés et sûrs d'eux, remplis d'une impatience contenue.

La personnalité de la jeune Ruth, inquiète, vulnérable et opprimée par sa famille, avait suscité chez Patricia la plus grande sympathie. Mais personne n'écrasait désormais cette Ruth-ci. Son assurance toute manucurée effaçait tout à fait son moi plus jeune. En cet instant où elle rencontrait sa mère, le passé tout entier s'écroulait pour l'adolescente. Comme si Patricia n'avait jamais connu la Ruth plus jeune; l'autre, l'adulte qu'elle connaissait depuis toujours, était tellement plus forte.

Patricia éprouvait maintenant un sentiment de trahison et de colère. Et, comme pour aggraver les choses, elle entendit, avec consternation, tante Ginnie dire qu'elle la déménageait dans La Maisonnette.

— ...pour que vous vous sentiez plus à l'aise toutes les deux.

Assise au bord d'un des lits en compagnie de Kelly et de Maggie, elle regardait sa mère défaire ses bagages. Un sourire en coin, Patricia se demandait si elle avait apporté autre chose que des tailleurs de toile.

Mais sa mère savait toujours ce qu'il convenait de porter. Elle enfilait un short de coton et un chemisier à manches courtes, qui semblaient encore bien trop impeccables, trop propres pour le lac. Son apparence contrastait énormément avec la leur.

— Regardez-moi de quoi vous avez l'air toutes les trois! dit-elle d'un ton sec. De vraies petites sauvageonnes! Pour l'amour du ciel, Patricia, qu'est-ce que tu portes? Où sont tous les nouveaux shorts que je t'ai achetés? Et tes cheveux auraient bien besoin d'une bonne coupe.

Patricia abaissa le regard sur le pantalon coupé de Kelly qu'elle portait. D'un geste las, elle écarta les mèches de cheveux qui lui barraient le front. Quant à Kelly, elle n'avait sur le dos qu'un maillot plein de trous et Maggie, sens devant derrière, un simple short de Trevor.

— Tante Ruth, ça ne fait rien, dit joyeusement Kelly. L'été, nous ne nous embarrassons jamais de vêtements.

— Ici, tu pourras pas être à la télé parce que nous, on en a pas, lui dit sérieusement Maggie.

La mère de Patricia rit.

— J'imagine bien, Maggie. Nous avons tous besoin de vacances, n'est-ce pas?

— Est-ce que tu gagnes beaucoup d'argent? lui demanda la petite fille.

— Et est-ce que tu peux choisir les gens que tu interviewes? s'informa Kelly.

Leur tante conversa librement avec eux. Ce qui ne surprit guère Patricia puisque sa mère était toujours très charmante. Cette fois où elle était venue parler à son école, tous ne tarissaient plus d'éloges sur son compte. Patricia savait qu'ils se demandaient pourquoi sa fille lui ressemblait si peu.

Sans doute était-elle aussi charmante avec elle puisqu'elle l'appelait sans cesse «ma chérie». Une expression que Nan avait déjà utilisée. Mais Patricia prenait soudainement conscience qu'elle avait toujours détesté ces deux mots. Quelle qu'elle fût, elle n'était certainement pas une «chérie». Si sa mère utilisait constamment cette expression, c'était peut-être, qu'au fond, elle était incapable de voir sa vraie personnalité.

— Ta mère est gentille, lui murmura Kelly alors qu'elles remontaient l'allée. Du genre soigné, mais correcte.

Patricia observait attentivement sa mère qui faisait le tour du chalet. Elle se demandait jusqu'à quel point celle-ci se rappelait le passé, d'autant plus que presque rien n'avait changé.

Kelly lui indiqua sa chambre.

— C'était la mienne! dit la mère de Patricia. Il y a si longtemps... Je pense que j'y ai couché pour la dernière fois quand j'avais dix-sept ans.

— Qu'est-ce qui est arrivé alors? demanda Kelly.

— Je suis partie dans l'Est pour aller à l'université.

— Mais tu n'es jamais revenue pour les vacances?

Patricia fut surprise de voir sa mère rougir.

— Cela coûtait si cher que j'ai dû travailler à Toronto tous les étés.

Après cette visite, oncle Doug et ses enfants allèrent faire un tour dans le canot automobile de M. Donaldson. Tante Ginnie partit faire une balade en compagnie de sa sœur et Patricia se retrouva à pousser le landau du bébé.

— Je sais pagayer, dit-elle d'un ton neutre alors qu'elles observaient un canot rouge passer en contrebas sur l'eau. Et j'ai pris deux poissons.

Sa mère eut l'air étonné.

— Vraiment, ma chérie? Je ne pensais pas que tu aimerais faire ce genre de choses.

— Oh! nous avons fait de Patricia un véritable garçon manqué, dit tante Ginnie en riant. Et j'ai bien peur que ce ne soit l'influence de Kelly, mais je crois que cela lui a fait du bien.

Fièrement, Patricia martelait le sol du sentier de ses pieds nus. En deux mois, elle avait fait autant de progrès que Rose-Marie, qui se tournait maintenant dans les deux sens et arrivait presque à s'asseoir.

— J'ai déjà su pagayer, dit rêveusement la mère de Patricia. Mais je suis sûre de tout avoir oublié.

— Plus tard, toi et Patricia pourrez peut-être prendre le HUART? suggéra tante Ginnie.

— Le HUART?

La mère de Patricia eut l'air étonnée jusqu'à ce que sa sœur explique.

«Comment as-tu pu oublier?», se dit Patricia en colère. Elle qui avait tellement aimé ce canot parlait de ses étés passés ici comme s'ils avaient été vécus par quelqu'un d'autre.

Toutes trois se dirigeaient maintenant vers la grande plage, mais la mère de Patricia manifesta soudainement le désir de retourner au chalet pour y prendre son chapeau.

— Le soleil est si mauvais pour la peau, leur expliqua-t-elle, et je n'aime pas ce nez qui pèle, Patricia. Il faut te mettre de la crème solaire.

Tante Ginnie eut l'air coupable.

— Oh! ma chérie, est-ce brûlé? J'ai tellement de difficultés à les protéger tous du soleil.

Elles revinrent sur leurs pas.

— Tu n'as pas perdu de poids, ma chérie, fit remarquer la mère de Patricia.

— Elle est comme sa tante, gloussa tante Ginnie. Nous aimons toutes deux la bonne chère, pas vrai Patricia? Ce que mon petit chef va me manquer!

Lorsqu'elles se furent munies de chapeaux et de crème solaire, elles décidèrent d'aller plutôt en direction du chalet de l'oncle Rod.

— Il a très hâte de te revoir, dit tante Ginnie.

— Je me demande bien pourquoi, lui dit sa sœur sèchement. Rodney et moi n'avons jamais été de très bons amis, tu le sais bien.

Oncle Rod se montra aussi arrogant que d'habitude, mais cette fois, cela ne marcha pas.

— Ruth! ma petite sœur perdue!

Il lui appliqua un gros baiser sur la joue, mais elle eut un mouvement de recul et le toisa calmement.

— Comment vas-tu Rodney? Tu as perdu beaucoup de cheveux, n'est-ce pas? Et voici Karen, j'imagine... et les enfants?

Tante Karen semblait intimidée par le chic de l'Est.

— Ne t'assois pas sur cette chaise, l'avertit-elle, ce n'est pas très propre. Christie, va chercher un coussin pour ta tante Ruth.

La famille d'oncle Rod revint pour le souper et la mère de Patricia les amusa tous par des anecdotes spirituelles sur quelques personnalités de Radio-Canada. Elle ne fit aucune mention du père de Patricia et personne ne s'informa de lui non plus.

À 22 heures, tante Ginnie dit qu'il était temps d'aller dormir.

— Patricia, tu ne crains pas de rester seule dans La Maisonnette, n'est-ce pas?

— Je te rejoindrai très bientôt, promit sa mère.

De toute évidence, tous les adultes semblaient souhaiter demeurer entre eux.

Patricia essaya de s'endormir avant que sa mère n'arrive. Elle savait bien que, tôt ou tard, toutes deux devraient s'entretenir de son père, mais souhaitait que ce soit le plus tard possible. Elle n'arrêtait pas de se retourner dans le lit étroit et Kelly lui manquait. Elle décida d'aller se poster sous la fenêtre de sa cousine.

Après avoir enfilé un chandail sur sa chemise de nuit elle s'avança lentement dans l'allée obscure.

— Kelly! appela-t-elle sous la fenêtre d'une voix sifflante.

Pas de réponse. Kelly devait s'être endormie et Patricia ne voulut pas élever la voix.

Le fait de se tenir ainsi à l'extérieur du chalet lui donnait l'impression d'être aussi étrangère à cet endroit qu'au début de l'été. Elle s'aventura vers la façade d'où lui parvenaient, de la véranda, des voix étouffées. Elle se risquerait peut-être à entrer et à dire qu'elle n'arrivait pas à s'endormir. Puis, elle entendit son nom et ne put résister à l'envie de se glisser sous les marches pour écouter.

— Mais elle n'a que douze ans, disait tante Ginnie. Elle est beaucoup trop jeune pour prendre ce genre de décision!

— Nous avons toujours cru qu'il fallait laisser Patricia décider par elle-même, disait sa mère de son ton neutre habituel. Si tu te souviens bien, c'est une chose que l'on ne m'a pas accordée à moi. Je vais aller le lui demander tout de suite.

Patricia courut vers La Maisonnette et sauta dans le lit. Lorsque sa mère entra, elle fit semblant d'être profondément endormie, le drap relevé sur la tête comme si, tel un bouclier, il allait lui éviter de prendre une décision.

○

C'est dans l'après-midi du lendemain, qu'elle apprit de quoi il retournait.

— Nous devons parler, ma chérie, dit sa mère après le dîner.

En la suivant vers La Maisonnette, Patricia se rappelait l'affreuse conversation qu'elle y avait déjà eue avec Nan. Celle-ci, toutefois, avait vivement souhaité leur entretien alors que sa mère, aujourd'hui, semblait l'appréhender autant qu'elle-même.

Patricia s'assit sur un des lits et mit les bras autour de ses genoux. Sa mère s'installa sur l'autre lit et l'espace entre elles apparut suffisant.

— Tout est arrangé, ma chérie, commença-t-elle.

Puis, elle expliqua sans détours à sa fille qu'elle pourrait voir son père autant qu'elle le souhaiterait.

— Tu te rends compte, n'est-ce pas, que pour le moment il s'agit seulement d'une séparation, mais que plus tard nous obtiendrons un divorce. Johanna veut l'épouser. Je te dis cela pour que tu n'entretiennes pas trop d'espoir. C'est définitif.

— Je sais, dit Patricia sur un ton neutre. Je l'ai toujours su. Ils s'aiment.

Sa mère lui jeta un regard curieux, comme étonnée qu'elle ait pu réfléchir autant. Puis, elle devint très sérieuse.

— Mais maintenant il y a du nouveau et je suis venue exprès pour t'en parler. À partir d'octobre je prends un congé sans solde. On m'a offert un emploi à la BBC de Londres. Pour un an — peut-être plus — et je crois que c'est une excellente occasion qui m'est offerte. Je pense aussi qu'il est bon que je m'éloigne un peu, le temps que les commérages cessent.

Elle se leva et commença d'arpenter la pièce.

— Maintenant, ma chérie, il s'agit de savoir si tu désires venir demeurer avec moi. Bien entendu, tu le peux si tu le veux. Nous te trouverons une bonne école et j'ai déjà un appartement en vue. Mais ton père et Johanna ont aussi offert de te prendre avec eux pour l'année. Tu pourrais alors rester à

Toronto et fréquenter la même école. Ce serait moins perturbateur pour toi; nous espérons te déranger le moins possible.

Puis, elle s'arrêta pour bien regarder sa fille dans les yeux.

— Nous te laissons décider si tu désires vivre avec moi ou avec ton père.

Patricia se retint au lit comme si elle allait s'envoler. Elle ne s'était jamais sentie aussi fantomatique.

— Tu n'as pas à te décider tout de suite, ma chérie. Ne prends pas cet air désolé! Je vais rester ici jusqu'à la fin du mois et nous pourrons en parler autant que tu le voudras. Mais après, tu devras te décider tout de même pour que nous puissions prendre les dispositions nécessaires. Est-ce que tu as des questions?

— Si j'allais vivre avec papa et Johanna, qu'arriverait-il à la fin de l'année?

— Nous verrons comment tu te sentiras alors. Tu pourras rester avec eux ou revenir avec moi — comme tu le souhaiteras. Nous t'aimons... tous les deux. Mais nous sommes aussi des gens raisonnables, Patricia, et nous agirons en conséquence. Tu es assez âgée pour prendre tes propres décisions.

Patricia se rappela sa mère lui disant la même chose alors qu'à l'âge de huit ans on lui demandait de choisir entre son école traditionnelle et *l'École Nouvelle*. À l'époque, elle n'avait pas plus conscience d'être suffisamment âgée pour décider que maintenant. Ils lui avaient toujours laissé le soin de décider des choses importantes, alors que les plus ordinaires — par exemple, quels vêtements porter ou quelles activités pratiquer — étaient imposées par sa mère. Le contraire serait tellement plus facile.

Lorsqu'elle avait choisi l'autre école, elle avait deviné ce que sa mère souhaitait. Mais à présent, c'était difficile de savoir vraiment. Elle aurait tellement aimé que sa mère lui dise que, bien sûr, elle devrait rester avec elle. Mais si elle ne le disait pas, c'était sans doute qu'elle ne le souhaitait pas.

— Voici une lettre de ton père, continuat-elle. Vois ce qu'il a à te dire, cela pourra t'aider à prendre une décision. Je vais te laisser seule un peu, ma chérie. J'imagine que tout cela doit te perturber.

Après avoir tapoté maladroitement l'épaule de Patricia, elle sortit.

Chère Patricia, (écrivait son père qui avait mis la lettre sur son traitement de texte.)

Bien entendu, Johanna et moi souhaitons que tu viennes habiter avec nous cette année. Il n'en tient qu'à toi de prendre la décision. Par ailleurs, nous ne voulons t'influencer d'aucune façon...

Et la lettre de continuer ainsi sur ce ton justificateur.

L'adolescente soupira: ni son père, ni sa mère, ne lui dirait franchement si, oui ou non, il ou elle désirait qu'elle vienne habiter sous son toit.

Elle essaya d'y réfléchir de la façon la plus raisonnable qui soit, comme ils le lui suggéraient. Pour plusieurs raisons, elle serait plus heureuse avec son père, puisqu'elle s'était toujours sentie plus proche de lui. Mais il y avait Johanna. Ne serait-elle pas de trop entre eux alors qu'ils pouvaient enfin vivre ensemble? Et sa vie à Toronto ne l'avait jamais tellement emballée. Par contre, une nouvelle vie dans un nouveau pays s'annonçait plutôt inquiétante.

Au fond d'elle-même, elle savait très bien qu'elle était incapable de décider. Comme d'habitude, elle ne savait pas ce qu'elle voulait. Il lui faudrait donc prétendre faire un choix. Au fond, il s'agissait de savoir qui elle ennuierait le moins — probablement son père. Sans sa fille, sa mère se sentirait moins gênée dans son nouveau travail.

— Je vais aller vivre avec papa et Johanna, annonça-t-elle à sa mère ce soir-là. Il a dit que cela ne les dérangeait pas.

— Bien sûr que cela ne les dérange pas, ma chérie! Mais, es-tu bien certaine d'être en mesure de décider dès maintenant?

Patricia fit signe que oui en essayant d'évaluer la réaction de sa mère. Pourtant, celle-ci ne fit que lui tourner le dos, enlever ses vêtements et passer sa chemise de nuit. Elle ne parla plus jusqu'à ce qu'elle eût éteint la lumière, et alors le ton de sa voix sonna indifférent.

— C'est une décision très sensée, ma chérie, et je suis fière que tu l'aies prise toi-même. Demain, nous téléphonerons du magasin à ton père pour la lui apprendre.

Puis, elles restèrent étendues dans l'obscurité, à l'écoute du bruissement des feuilles dans les peupliers.

— Je n'ai jamais aimé cette maisonnette, se plaignit la mère de Patricia au bout de quelques minutes. C'est si petit, si suffocant!

Patricia ne répondit pas; elle s'efforçait simplement d'étouffer ses sanglots pour que sa mère ne les entende pas.

17

Patricia annonça sa décision à Kelly et sa cousine l'approuva.

— Bien entendu, je ne connais pas ton père mais, de toute façon, tu ne voudrais pas quitter le Canada, n'est-ce pas? L'Angleterre, c'est très loin.

Cela l'étonna; elle n'aurait jamais cru que Kelly puisse craindre quoi que ce soit. Le fait d'être si à l'aise au sein de sa famille la rendait peut-être un peu suffisante.

— Ce n'est pas parce que je n'aimerais pas aller en Angleterre, lui expliqua Patricia en se rendant compte que c'était bien vrai.

Après tout, n'avait-elle pas traversé le pays pour venir jusqu'ici? Et avec la montre n'était-elle pas allée bien plus loin encore? N'avait-elle pas survécu aux deux expériences?

Kelly s'empara du bras de Patricia.

— Je préférerais que tu n'ailles nulle part! Je voudrais que tu puisses rester avec nous!

Je vais demander à maman si elle peut faire quelque chose.

○

Au cours des jours suivants, tante Ginnie eut l'air triste, comme si elle souhaitait parler à sa sœur, mais sans trop l'oser.

— Ce n'est pas correct, l'entendit Patricia dire à tante Karen. Les filles doivent rester avec leur mère.

— Mais si Patricia a choisi son père c'est que...

«Je n'ai choisi personne, pensa mollement Patricia. On m'a forcée à prendre une décision.»

D'une certaine façon, pourtant, il valait mieux que tout ait été dit. La mère de Patricia parlait librement de Londres et de son mari; il lui arrivait même de mentionner le nom de Johanna, comme si sa présence était définitivement acquise.

Elle prenait part aussi, très poliment, aux activités de natation, de pique-niques, et pagayait à bord du HUART avec une morne application. Chaque soir, elle se penchait sur un des casse-tête que Trevor avait installés sur la véranda et Patricia, qui la voyait ainsi, avait le loisir d'imaginer l'autre Ruth.

Mais sa mère semblait également impatiente. Chaque jour, elle conduisait jusqu'à la ville pour acheter le journal de Toronto et il lui arriva même de se plaindre qu'il n'y eût pas de télévision au chalet.

— Je ne devrais pas rester ici aussi longtemps, confia-t-elle à Patricia. J'ai tellement de choses à régler avant de partir.

Patricia détestait l'entendre parler de départ. Et de plus, sa mère ne se plaignit pas une seule fois du fait qu'elle ne l'accompagnerait pas.

Quant à son père, il lui avait fait part timidement, par téléphone, de leur joie, à lui et à Johanna, de la voir venir habiter avec eux. Cela lui avait fait du bien de le lui entendre dire. Mais il avait vendu sa part de propriété à la mère de Patricia et acheté une maison de ville en copropriété avec Johanna. L'idée de déménager angoissait Patricia.

— Qu'arrivera-t-il à notre — à ta maison? demanda-t-elle à sa mère.

— Je vais la louer. Un couple parmi mes collègues de travail s'est montré intéressé. Mais, ma chérie, c'est aussi ta maison. Ne l'oublie pas.

Il semblait bien que ce ne soit plus tellement le cas.

○

Le dimanche fut consacré à la Journée sportive annuelle. Dans l'avant-midi, les Grant regardèrent passer la dernière course de voiliers de la saison à partir du quai des Donaldson.

— L'année prochaine, est-ce que nous aurons enfin un voilier? demanda Kelly à son père.

— Probablement. Je n'oserais pas te l'affirmer, parce que tu as été si déçue après ma promesse de l'an dernier, mais je pense que je pourrais presque dire que c'est sûr et certain.

— Hourra! dit Kelly en l'entourant fermement de ses deux bras. Alors, Patricia va pouvoir revenir et faire équipe avec moi, n'est-ce pas?

L'été prochain paraissait beaucoup trop éloigné pour que Patricia puisse même y songer. Le mois suivant serait déjà si difficile à passer.

Tout au long de l'après-midi, il y eut des activités sur la grande plage. Enfants et chiens déambulèrent sur le large appontement, tandis que chaque compétition était annoncée par mégaphone. De nombreuses familles avaient apporté leur pique-nique et on pouvait acheter des boissons gazeuses et de la crème glacée vendues, à même une glacière, par les propriétaires du magasin.

Patricia prit part à une course à trois pieds en compagnie de Kelly. C'était déjà difficile de courir une cheville attachée à celle de sa cousine, mais là, il fallut le faire dans l'eau. Puis, les cousins s'entassèrent à quatre dans le HUART pour participer à une régate de canots. «Pagayez… pagayez… pagayez!» scandait Kelly si fort qu'elle en perdit presque la voix. Il y eut aussi différentes compétions de natation, un souque-à-la-corde et un concours du plus gros mangeur de melon d'eau. Mais le seul membre de la famille à être médaillé fut Peggy pour une course de chiens dans l'eau. Au milieu de tout cela, Patricia s'efforçait de s'amuser pour oublier qu'une nouvelle vie se présentait pour elle.

— Tu as fait beaucoup de progrès en natation, ma chérie, lui dit sa mère alors qu'elle sortait de l'eau pour se reposer. Mais ne trouves-tu pas qu'il y a beaucoup d'algues? Je ne me souviens pas en avoir vu autant dans le lac.

— Il n'y en avait pas autant. C'était beaucoup plus propre et frais avant, dit Patricia sans réfléchir. Oncle Rod me l'a dit, s'empressa-t-elle d'ajouter.

— Je me demande combien de temps tout cela va durer, se plaignit sa mère.

La présence de Ruth causait pas mal d'émoi; des gens la reconnaissaient pour l'avoir vue à la télévision et la dévisageaient; d'autres venaient lui demander si elle se souvenait les avoir déjà rencontrés au lac.

Tante Ginnie aidait une vieille dame à disposer son transatlantique sur le sable.

— C'est Mme Thorpe, dit-elle à Patricia. Une vieille amie de Nan.

Patricia serra la main de la femme avec curiosité. Elle devait être la mère de Barbara, Winnie et Paul, et la grand-mère de quelques-uns des enfants qui habitaient à l'autre bout de la plage. Elle se demanda si Mme Thorpe avait encore le sommeil léger.

○

Le lendemain de cette Journée sportive annuelle, il y eut un orage terrible. Avant le souper, ils s'installèrent tous sur la pelouse avant pour le voir arriver. De leur côté du lac, il faisait encore beau et calme mais, de l'autre côté, de gros nuages gris s'amoncelaient et des éclairs luisaient par intermittence. Il tonnait de plus en plus fort, l'eau du lac devenait grise et s'agitait.

— Préparez-vous à prendre votre chaise et à courir! dit tante Ginnie en riant.

En quelques minutes, le soleil disparut, les arbres commencèrent à ployer sous l'action du vent et de larges gouttes de pluie froides se mirent à tomber.

— Juste à temps! dit Kelly essoufflée en faisant claquer la porte-moustiquaire derrière la dernière personne à se réfugier au chalet.

La pluie s'abattait comme si quelqu'un avait ouvert un robinet.

— Juste ce dont les fermiers avaient besoin, dit oncle Doug. L'été a été si sec.

Patricia sursauta au claquement d'un coup de tonnerre. En compagnie du reste de la famille ébahie, elle regardait les éclairs fendre le ciel immense.

— C'est tout un spectacle, n'est-ce pas Patricia? lui dit son oncle. Il n'y a rien comme un orage au-dessus des Prairies, ça bat tous les feux d'artifice.

Patricia approuvait, même si chaque coup de tonnerre la faisait sursauter. Elle fut soulagée lorsqu'enfin la tempête se changea en averse régulière sur le toit.

Trevor disposa le jeu de l'Oie, le préféré de Maggie, sur le parquet de la véranda. Ils en jouèrent assez pour la satisfaire et passèrent ensuite à celui des Indices. Après le souper, ils rejoignirent les adultes dans la salle de séjour pour une partie de Quelques Arpents de Pièges. Le feu pétillait joyeusement alors qu'ils faisaient une pause pour s'accorder une deuxième portion de tarte aux amélanches.

Patricia mangea jusqu'à la dernière cuillerée du bon jus pourpre. Elle et ses cousins avaient passé l'avant-midi à cueillir les petits fruits bleus et poussiéreux, et le résultat en valait la peine.

Ils terminèrent la partie. Patricia et sa mère la gagnèrent, mais de fait, c'est sa mère qui donna toutes les réponses.

Tante Ginnie, rêveuse, observait sa sœur. Puis, elle retira la photographie qui se trouvait sur le manteau de la cheminée.

—Te rappelles-tu cette photo, Ruth? Nous avions l'air si amusants.

La mère de Patricia prit la photo et la regarda brièvement.

— Non, je ne m'en souviens pas, dit-elle. Pourquoi nous étions-nous habillés de cette façon?

— Pour un bal costumé. Dans le temps, les gens se voyaient plus souvent, pas seulement au cours de la Journée sportive annuelle. Mais tu dois certainement t'en souvenir puisque tu étais à peu près du même âge que Patricia. Même moi je me rappelle avoir mis les vêtements de Gordon et m'être sentie tellement importante parce qu'on me permettait d'y assister. Mais j'avais trop mangé et j'ai été malade. N'était-ce pas aussi la nuit où notre pauvre maman avait perdu sa montre? Elle m'a souvent dit à quel point elle l'avait cherchée.

— Je ne m'en souviens pas, l'interrompit sèchement Ruth en lui rendant la photographie.

Tante Ginnie eut l'air blessée et un silence gêné s'installa. Puis sa sœur dit brusquement:

— J'ai changé mes projets. Puisque Patricia a fait son choix, je ne vois pas la nécessité de rester une semaine de plus. Maman a insisté pour que nous allions la voir à Calgary. Nous pouvons prendre un vol de relais et y aller pour une seule journée. Nous partirons demain matin. Doug, peux-tu nous conduire à la ville dans l'après-midi?

— Demain! Mais tu ne peux pas faire cela!

Tous protestèrent, mais la mère de Patricia n'en démordit pas.

— Est-ce que tu le peux, Doug? insista-t-elle jusqu'à ce qu'il acquiesce. Et maintenant, si vous voulez bien m'excuser, leur dit-elle avec un charmant sourire, j'ai la migraine et je crois que je vais aller dormir.

Après son départ, les cousins de Patricia entourèrent celle-ci.

— Maman, elle ne peut pas s'en aller! dit Kelly, au bord des larmes. Ce n'est pas juste, elle devait rester jusqu'à la fin de l'été.

Maggie lui mit les bras autour du cou.

— T'en vas pas, Pat, supplia-t-elle.

— Il n'y a rien que je puisse faire, dit tante Ginnie en serrant les lèvres. La décision appartient à sa mère. Ma chère Patricia, tu sais comme nous voulons te voir revenir l'année prochaine, n'est-ce pas? Et je suis certaine que ton père le permettra.

Oncle Doug lui ébouriffa les cheveux et Peggy lui lécha la main. Patricia esquissa un sourire.

— Je crois que je vais aller dormir aussi, dit-elle d'une petite voix.

Mais tout au long de l'allée jusqu'à La Maisonnette, elle frémit de colère. Et comme elle avait oublié son coupe-vent, elle fut toute trempée par l'averse. Elle poussa la porte d'un coup de pied et déboucha en trombe.

Sa mère qui lisait au lit leva les yeux en sourcillant.

— Ne fais pas tant de bruit, ma chérie.

Patricia se dirigea vers le lit. Elle bouillait de colère. Et la force de celle-ci ne la surprenait pas autant que lorsqu'il s'était agi de Nan.

— Comment peux-tu prendre une telle décision sans me consulter? cria-t-elle. Pourquoi est-ce que tu ne m'as jamais raconté tes étés au lac? Pourquoi est-ce que tu prétends ne te souvenir de rien et blesses tante Ginnie de cette façon? Je ne veux pas partir! Et tante Ginnie dit que je pourrai revenir. Je voudrais vivre avec eux tout le temps! Eux, au moins, ils me veulent, ce n'est pas comme toi...

Elle s'arrêta pour reprendre son souffle.

La mère de Patricia semblait abasourdie.

— Ma chérie... commença-t-elle.

— Et ne m'appelle plus comme ça! ragea Patricia. Je déteste ça! J'ai toujours détesté ça! Tu m'appelles ta chérie parce que tu ne sais pas qui je suis vraiment — parce que tu ne m'aimes pas, que tu ne veux pas que je vienne vivre avec toi.

Elle ne réussit ensuite qu'à ravaler ses pleurs.

— Patricia, murmura sa mère.

Ses beaux yeux s'emplissaient de larmes, des yeux qui paraissaient jeunes sans leur maquillage. Elle se mit à pleurer aussi. Patricia en fut si étonnée que ses propres larmes se tarirent. C'était la première fois qu'elle voyait sa mère pleurer.

Sauf une fois, une nuit misérable où elle avait été injustement semoncée pour un raid dans un camp d'été. La jeune fille en pleurs et cette femme étaient la même personne. La Ruth du temps passé existait donc toujours. Elle était là, à l'intérieur de cette personne qui pleurait comme une enfant et disait en sanglotant:

— Patricia, ma petite Patricia...

— Maman, murmura-t-elle en s'asseyant doucement au bord du lit. Maman, je n'ai pas voulu te faire de la peine. Je ne le pensais pas vraiment.

— Mais non, ma ché... Patricia. Je suis désolée. Tu as raison de m'en vouloir.

Ruth se moucha tout en tendant un autre papier-mouchoir à Patricia.

— Mais tu as tort aussi. Je veux que tu viennes avec moi. Je tiens beaucoup à toi. Je le souhaitais vraiment, mais cela ne me semblait pas correct de l'exiger. Et quand tu as pris ta décision, j'ai pensé que c'était toi qui ne voulais pas de moi. Oh, Patricia, est-ce que tu voudrais vraiment venir à Londres? Tu me manqueras tellement si tu ne viens pas, je pourrai difficilement le supporter.

En entendant ces paroles, Patricia fut grandement soulagée.

— Tu veux vraiment que je vienne avec toi?

— Mais bien sûr! Tu es ma fille et je t'aime. J'imagine que je ne te l'ai pas assez montré. Je n'ai jamais su être une très bonne mère, Patricia, mais nous pouvons quand même être amies, n'est-ce pas?

Patricia regardait Ruth avec des yeux noyés de larmes. Elle avait tellement souhaité être l'amie de la Ruth du temps passé. La consoler. Et maintenant, elle le pouvait.

Elle approuva si fort de la tête, que ses larmes se répandirent sur le lit.

— D'accord. Et je vais venir vivre avec toi. Papa comprendra. De toute façon, ils ont besoin d'être un peu seuls, lui et Johanna. Et puis, je n'ai jamais tellement aimé *l'École Nouvelle*. Je pense que je suis bien trop ordinaire pour cela.

— Toi, ordinaire! s'exclama Ruth en prenant sa fille sur ses genoux. Tu es la personne la plus spéciale au monde.

Après d'autres pleurs, d'autres embrassades, elles commencèrent à parler de Londres.

18

C'est alors que Patricia décida de montrer la montre à Ruth.

Il leur restait trois jours au lac. Ruth avait fait un compromis et Patricia se désolait moins de partir plus tôt. Elles passeraient la fin de semaine avec Nan et cette occasion avait décidé Patricia. Tôt ou tard, elle aurait à régler ce problème et Ruth pouvait l'y aider.

Mais Patricia savait qu'il lui serait impossible de tout lui raconter: la façon dont elle était remontée dans le passé et comment elle avait pu observer la Ruth d'antan. Personne ne croirait jamais cela.

De plus, elle serait bien obligée d'avouer qu'elle avait dissimulé la montre tout l'été. À nouveau, le remords l'envahit, mais elle se rappela alors que Ruth était aussi fautive qu'elle-même.

Le lendemain après-midi, la famille décida de se rendre en ville.

— Est-ce que nous pouvons rester ici? demanda Patricia à sa mère. J'ai quelque chose à te montrer.

Ruth attendait dans la berceuse de rotin, alors que Patricia descendait lentement l'escalier du grenier, la main repliée sur le métal froid.

— Voilà, dit-elle en déposant la montre et sa chaîne sur les genoux de Ruth.

Sa mère sursauta.

— Pour l'amour du ciel, où as-tu trouvé cela, Patricia?

— J... je l'ai trouvée dans La Maisonnette au mois de juillet. Sous le parquet, ajouta-t-elle, comme si Ruth pouvait l'ignorer. Oncle Doug avait arraché le vieux linoléum. Je sais que j'aurais dû la montrer à quelqu'un, mais vu que je l'aimais assez... j'ai décidé de la garder au grenier. Ce doit être la montre perdue par Nan. Je crois bien qu'il faudrait la lui remettre. Crois-tu qu'elle sera fâchée?

Étonnée, Ruth resta un moment silencieuse, les doigts courant sur la chaîne.

— Je ne sais pas; je ne peux te dire à quel point je suis heureuse que tu aies trouvé cette montre, Patricia, finit-elle par murmurer. Mais je pense aussi que je devrais d'abord t'avouer une chose à ce sujet. Tu te sentirais moins coupable envers Nan.

Patricia attendit, reprise de son ancienne crainte vis-à-vis de sa mère. Celle-ci s'apprêtait à lui confier comment elle avait délibérément caché la montre à Nan.

— Quand j'avais ton âge, commença-t-elle par dire d'une voix hésitante, j'ai passé ici un été très difficile. Je me sentais toujours critiquée, rejetée du groupe familial, surtout par ma mère. Elle souhaitait me voir devenir quelqu'un qui n'était pas moi, une jeune fille comme il faut, promise à un bon mariage. Elle refusait de m'accepter telle que j'étais.

Ruth s'arrêta de parler et regarda Patricia dans les yeux.

— J'imagine que j'ai fait la même chose avec toi... je n'ai pas su voir qui tu étais vraiment. (Pendant quelques secondes elle baissa les yeux et poursuivit.) De toute façon, la nuit de ce fameux bal costumé dont, à propos, je me souviens dans les moindres détails, dit-elle, l'air penaud, j'ai trouvé la montre sur la route tout de suite après que maman l'eut perdue. La Maisonnette avait été construite l'été auparavant et le plancher était encore à nu. J'ai soulevé une des lattes et j'ai caché la montre en-dessous. C'était vraiment une chose vilaine à faire et je l'ai toujours regrettée par la suite. À cause de cela, et pour bien d'autres raisons, mes relations avec maman se sont envenimées. J'ai donc décidé de quitter la maison le plus tôt possible. Et quand j'ai obtenu une bourse pour aller à l'Université de Toronto, mes parents n'ont pu m'empêcher d'y aller, bien que papa ait certainement essayé.

— Mais pourquoi n'as-tu jamais remis la montre? demanda spontanément Patricia.

— Je voulais le faire. Mon intention était de la cacher pour quelques jours seulement. Cela me donnait une impression de pouvoir sur maman; je souhaitais la voir souffrir. Et alors, je la lui aurais rapportée triomphalement et elle en aurait été si reconnaissante qu'elle ne m'aurait plus jamais semoncée, continua Ruth d'une voix sèche, le feu aux joues. Mais je retardais toujours le moment de le faire. Dans ce temps-là, j'étais très aigrie. Et j'avais bien des raisons pour cela, mais peut-être pas de l'être autant. Puis, une amie qui habitait un autre lac m'a invitée chez elle. Les deux semaines où je suis restée absente, je me suis sentie terriblement coupable et me suis juré que je rendrais la montre dès mon retour. Mais, Patricia, lorsque je suis revenue, papa avait posé un linoléum. La montre était bel et bien scellée en dessous et je ne pouvais, je ne pouvais vraiment pas leur demander de l'enlever. J'aurais été obligée de tout leur avouer et je me serais retrouvée encore plus dans leurs mauvaises grâces. Je sais que c'était lâche et je ne me le suis jamais pardonné.

Patricia comprenait à quel point cela aurait été difficile d'avouer. Mais elle était aussi soulagée de voir que Ruth n'avait pas eu l'intention de garder la montre cachée pour toujours.

— On peut la lui donner maintenant, lui suggéra-t-elle doucement.

— Oui, bien sûr! agréa Ruth. Elle en sera si heureuse! Savais-tu qu'elle appartenait à son premier fiancé? Elle y tenait beaucoup.

— Quand Nan était ici, elle a dit des choses plutôt... épouvantables, dit lentement Patricia, un œil interrogateur posé sur sa mère. Elle pourrait être très très fâchée que j'aie gardé la montre si longtemps.

— Mais moi je la lui ai dissimulée encore bien plus longtemps! Et c'est vrai que maman peut parfois être terrible. Elle a souvent été déçue dans la vie et, à cause de cela, elle laisse parfois éclater sa colère. Mais j'imagine qu'à un certain moment il faut savoir pardonner à ses parents, poursuivit Ruth en glissant un sourire mélancolique vers sa fille. Même s'ils ne le méritent pas. Maman et moi, nous sommes si habituées à ne pas nous entendre que cela en est devenu une mauvaise habitude. Mais peut-être que le fait de la lui rendre modifiera les choses. Qu'elle pourra me pardonner à moi. Il n'est pas nécessaire de lui dire où la montre se trouvait tout ce temps-là; l'important, c'est de la lui remettre. Nous dirons à ta grand-maman, nous dirons à tous, que tu viens juste de trouver la montre sous une roche ou quelque chose comme ça. Ce sera notre secret, d'accord?

Soulagée, Patricia sourit.

— D'accord.

Elle se rappelait Nan suggérant qu'elle-même et Patricia reprennent tout à zéro. Et pourquoi pas toutes les trois? Il est parfois préférable d'oublier le passé. Ou à tout le moins de l'accepter, et alors de continuer son petit bonhomme de chemin.

Mais jamais elle n'oublierait le sentiment très particulier d'avoir exploré le temps passé. Elle prit la montre et la balança d'avant en arrière.

— Elle ne marche plus, dit-elle, l'air nostalgique. J'essaie de la remonter, mais le mécanisme s'est brisé.

Ruth se mit à rire.

— Tu n'espères tout de même pas qu'elle marche après avoir passé trente-cinq ans sous un parquet! Et puis, maman serait si contente de l'avoir qu'elle ne s'en fera pas pour cela. As-tu lu l'inscription?

Elles se penchèrent toutes deux sur la montre.

— Ah, vous voilà! (Le groupe de Kelly, Trevor et Maggie entrait en coup de vent.) Nous t'avons apporté des bandes dessinées, dit Kelly à Patricia. Pourquoi n'irions-nous pas au fort? Puis, nager, essayer le nouveau masque de plongeon de Trevor et ensuite réparer le radeau? Tu as encore quelques jours avec nous. Ne les perdons pas!

— Va, dit Ruth en souriant. Je vais attendre Ginnie et lui montrer la montre.

Après toute cette pluie, le sentier était si boueux que Patricia dut monter les parties escarpées les jambes écartées et les orteils enfoncées dans le sable de la falaise pour ne pas glisser.

Elle descendit les marches vers la plage, tira le canot à l'eau et l'orienta vers le rayon lumineux du soleil couchant. L'eau s'ouvrait en vaguelettes de chaque côté. Elle déposa la pagaie sur les fargues, laissa le canot dériver et tendit l'oreille pour entendre le cri du huart. Au-dessus d'elle, les arbres lançaient leur ombre contre le ciel enténébré. Les voix de sa famille lui parvenaient du chalet; tous étaient à l'intérieur. En solitaire, Patricia était venue faire ses adieux au lac.

Elle ne voulait pas partir le lendemain. L'idée d'aller en Angleterre était excitante, mais cela la préoccupait aussi. Même si elle et Ruth étaient maintenant des amies, il leur faudrait du temps pour s'accepter vraiment l'une l'autre.

Car Ruth n'avait pas cessé d'être, du jour au lendemain, la mère que Patricia avait toujours connue. La veille, elle avait été irritée de l'entendre ressasser tout l'avant-midi les mille et un préparatifs nécessaires au voyage.

Puis, elle s'était rappelé combien Ruth avait besoin de tout avoir bien en main. Et elle-même s'était surprise en lui disant:

— Détends-toi, maman. Même si tout n'est pas parfait, nous finirons bien par arriver à Londres.

Patricia se demandait où elle passerait l'été prochain. Reviendrait-elle ici... ou pas? Rien n'était sûr, sauf l'eau calme autour d'elle et cette vocalise à la tyrolienne qu'elle finissait par entendre.

Soudain, pour la première fois, elle aperçut l'oiseau. Il glissait au devant d'elle, scrutant l'ombre avec circonspection de sa tête noire au bec tout droit, son large dos à moitié submergé. Puis, il plongea et disparut.

Pendant un moment, Patricia oublia à quelle époque elle se trouvait. Le lac et le cri du huart étaient hors de ce temps. Ils avaient été là avant les Amérindiens, partie d'un long été sans fin qui s'étendait autant dans le temps passé que dans celui du futur.

C'est alors que le temps revint au présent et que Patricia se remit à pagayer vers la rive.

Lithographié au Canada
sur les presses de
Metrolitho inc. – Sherbrooke